U0886280

岳麓書社

读名著　选岳麓

国学经典文库

声律启蒙

[清] 车万育　著　　车德友　张欣　笺注

岳麓書社 · 长沙

图书在版编目(CIP)数据

声律启蒙/[清]车万育著,车德友、张欣笺注.—长沙:岳麓书社,2021.3

ISBN 978-7-5538-1254-0

Ⅰ.①声… Ⅱ.①车…②张… Ⅲ.①诗词格律—中国—启蒙读物 Ⅳ.①I207.21

中国版本图书馆 CIP 数据核字(2020)第 001642 号

SHENGLÜ QIMENG

声律启蒙

作　　者:[清]车万育

笺　　注:车德友　张　欣

责任编辑:孙世杰

责任校对:舒　舍

封面设计:贺红梅

岳麓书社出版发行

地址:湖南省长沙市爱民路 47 号

直销电话:0731-88804152　0731-88885616

邮编:410006

版次:2021 年 3 月第 1 版

印次:2021 年 3 月第 1 次印刷

开本:890mm×1240mm　1/32

印张:7.375

字数:214 千字

书号:ISBN 978-7-5538-1254-0

定价:25.00 元

承印:长沙鸿发印务实业有限公司

如有印装质量问题,请与本社印务部联系

电话:0731-88884129

序言

穆穆神州，悠悠历史。五千年的中华文明，缔造了一个伟大的中国，造就了历代优秀的强国富民的仁人志士。少年强，则中国强。这一批批出类拔萃的人才之所以成功，在于家庭与国家的抚育培养，在于从小接受中华民族优秀传统文化的熏陶。

蒙学，是启蒙之学，是人生奠基之学。老子《道德经》云："合抱之木，生于毫末；九层之台，起于累土；千里之行，始于足下。"中国历来注重蒙学教育，最早出现的蒙学教材是南朝梁代周兴嗣的《千字文》，后有南宋初钱氏的《百家姓》、王应麟的《三字经》，明朝萧有良的《龙文鞭影》，明末清初程登吉的《幼学琼林》，还有《千家诗》《增广贤文》《声律启蒙》《千金裘》等。蒙学读本在明清时代基本上定型，主要是《三字经》《百家姓》《千字文》，成就"三百千"的蒙学教材体系。

中国是诗歌王国，其中的格律诗与无处不在的楹联是诗歌王国的冠冕。格律诗怎么押韵？对联怎么对仗？都是蒙学、声律学的基本常识。车万育的《声律启蒙》，顾名思义，是训练青少年儿童吟诗作对、掌握声韵格律的启蒙读物，是古代诗词格律的蒙学化、韵律化。

《声律启蒙》不同于其他少儿启蒙读物，其基本特点有四：一是按南宋末年刘渊编辑的平水韵分编，上下平声两卷各十五韵，包罗天文地理、花木鸟兽、人物器具、历史掌故等。用事稳妥，用典贴切，内涵丰富，辞韵相黏，虚实应对，文采飞扬。二是采用长短句式，从单字对、双字对、三字对、五字对、七字对到十一字对，平仄相间，层层属对。如宝塔形，拾级而上，循序渐进，错落有致，由简而繁，从易到难，富有层次感。三是声韵协调，句句对仗，读起来如歌如吟，如对对子，朗朗上口，妙语如珠，较之其他全用三言、四言句式者更见韵味。读者熟读之、审察之、应用之，可以从中得到语音、词汇、修辞、声韵、格律的训练。四是《声律启蒙》的学术价值，在于从蒙学上升到汉语声律论的学术层面，在启蒙读物中独具一格。声律论源于南朝永明年间兴起的声律运动，开创了以诗歌语言讲求对称之美、声音之美的汉语音韵学。

由此可见，《声律启蒙》不只是蒙学读物，更是古典声律论的普及与弘扬。当今之世，随着国学热之兴起、中华优秀传统文化之回归，诗词歌赋与楹联创作方面的古典声律修养日益重要，《声律启蒙》将在大中学生与成人教育中再次流行，这为古典诗词楹联创作插上了腾飞的翅膀。

车万育（1632—1705），字与三，号鹤田，湖南省邵阳岩口铺人。康熙三年（1664）进士，入翰林院，任编修，授户部给事中，后升兵科掌印给事中。他具有宝庆人耿直敢言的特征，耿介正直，专拣朝政当务之急且难言之事上奏进谏，直面皇上和朝廷大臣毫无惧色。同僚为之惊慑，朋友为之担忧，可他坦然说道："直言进谏是我的职责，竭尽忠诚，岂敢顾及个人安危？"车万育在京城有"朝阳鸣凤"之美誉。辞官归乡回到湖南，担任岳麓书院山长，主持书院事务多年，学问赅博，善书法。他的著述主要有《奏疏》十卷、《历代君臣交儆录》一百卷、《萤照堂明代法书石刻》十卷、《怀园集唐诗》等。其中，《声律启蒙》二卷，属于清代以降广为传播的声律启蒙读物，家喻户晓，影响极为深远。

车万育《声律启蒙》，乃是蒙学、声律学之瑰宝。其广为传播，有益于学生与成人掌握古代声律知识，有利于从事格律诗创作与声律批评。

今有邵阳车氏后人车德友，注释整理其先辈之《声律启蒙》。此次注释整理工作，以清后期较为通行的光绪癸未新镌墨耕堂藏板《声律启蒙》为底本，广采他本进行严格校勘，在此基础上对原文进行详尽语义注释，对生僻字加以注音，对语词出处和历史典故详加考订，并适当征引古诗文作为辅例。

此注释整理本《声律启蒙》付梓于世，让读者省去许多翻检之劳，必将有益于国学声律启蒙宝典之传播。

区区此言，聊表推荐之意。是为序也。

蔡镇楚

2019 年 5 月 18 日于岳麓山石竹山房，2019 年 12 月改订

目 录

卷 上

卷 下

卷上

一东

（一）

原文

云对雨，雪对风，晚照[1]对晴空。
来鸿[2]对去[3]燕，宿[4]鸟对鸣虫。
三尺剑[5]，六钧弓[6]，岭北[7]对江东[8]。
人间清暑殿[9]，天上广寒宫[10]。
两岸晓烟杨柳绿，一园春雨杏花红。
两鬓风霜，途次[11]早行之客；一蓑烟雨，溪边晚钓之翁。

注释

❶**晚照**：傍晚的阳光。宋宋祁《玉楼春·春景》："为君持酒劝斜阳，且向花间留晚照。"

❷**鸿**：大雁。也可称为"雁""鸿雁"。《诗经·小雅·鸿雁》："鸿雁于飞，肃肃其羽。"三国魏曹植《洛神赋》："翩若惊鸿，婉若游龙。"宋陆游《沈园二首》："伤心桥下春波绿，曾是惊鸿照影来。"宋范仲淹《渔家傲·秋思》："塞下秋来风景异，衡阳雁去无留意。"

❸**去**：离开。《诗经·大雅·生民》："鸟乃去矣，后稷呱矣。"

❹**宿**：住宿、过夜。《诗经·邶风·泉水》："出宿于干。"《周

礼·大史》:“戒及宿之日。”《孟子·公孙丑下》:“孟子去齐,宿于昼。”《论语·微子》:“止子路宿,杀鸡为黍而食之。”《乐府诗集·木兰诗》:“旦辞爷娘去,暮宿黄河边。”

❺**三尺剑**:古剑长三尺。《史记·高祖本纪》:“吾以布衣提三尺剑取天下,此非天命乎?”唐杜甫《重经昭陵》:“风尘三尺剑,社稷一戎衣。”宋张元幹《贺新郎·寄李伯纪丞相》:“要斩楼兰三尺剑,遗恨琵琶旧语。”

❻**六钧弓**:强弓。钧是古代重量计量单位之一,一钧为古30斤。《左传·定公八年》:“颜高之弓六钧。”汉应玚《驰射赋》:“顾摧月支,须纡六钧,口弯七规。”唐张说《将赴朔方军应制》:“幼志传三略,衰材谢六钧。”宋苏轼《次韵王定国得颍倅》:“买牛但自捐三尺,射鼠何劳挽六钧。”

❼**岭北**:五岭以北地区。

❽**江东**:长江下游江南一带。《史记·项羽本纪》:“江东已定,急引兵西击秦。”

❾**清暑殿**:宫殿名。晋孝武帝所建。

❿**广寒宫**:唐代传奇小说《龙城录·明皇梦游广寒宫》:“开元六年,上皇与申天师、道士鸿都客,八月望日夜,因天师作术,三人同在云上游月中。过一大门在玉光中飞浮,宫殿往来无定,寒气逼人,露濡衣袖皆湿。顷见一大宫府,榜曰‘广寒清虚之府’,其守门兵卫甚严,白刃粲然,望之如凝雪。”后人因此称月宫为“广寒宫”。清蒲松龄《聊斋志异·白于玉》:“童导入广寒宫,内以水晶为阶,行人如在镜中。”唐鲍溶《宿水亭》:“夜深星月伴芙蓉,如在广寒宫里宿。”

⓫**途次**:途中的旅舍。

扩展阅读

鸿雁传书：鸿雁是一种大型候鸟，每年秋季南迁，常常引起游子思乡怀亲之情以及羁旅伤感，所以在诗中被广为引用以寄托此意。汉朝时，苏武出使匈奴，被单于流放北海牧羊。10年后，汉朝与匈奴和亲，但单于仍不让苏武归汉。与苏武一起出使匈奴的常惠，把苏武的情况密告汉使，并设计让汉使告诉单于：汉朝皇帝打猎射得一雁，雁足上绑有书信，叙说苏武在匈奴某个沼泽地带牧羊。单于听后，只得让苏武归汉。后来，我们就用“鸿雁传书”这个典故比喻传递书信，用鸿雁比喻传递书信的人。

（二）

原文

沿[1]对革[2]，异对同，白叟[3]对黄童[4]。

江风对海雾，牧子[5]对渔翁[6]。

颜巷陋[7]，阮途穷[8]，冀北[9]对辽东[10]。

池中濯足[11]水，门外打头风[12]。

梁帝讲经同泰寺[13]，汉皇置酒未央宫[14]。

尘虑[15]萦心，懒抚七弦绿绮[16]；霜华[17]满鬓，羞看百炼青铜[18]。

注释

❶**沿**：沿袭、因袭。《礼记·乐记》："五帝殊时，不相沿乐；三王异世，不相袭礼。"

❷**革**：改变、除去。《周易·革》："天地革而四时成。"

❸**白叟**：白发老人。唐韩愈《元和圣德诗》："卿士庶人，黄童白叟，踊跃欢呀，失喜噎欧。"宋苏辙《代三省祭司马丞相文》："白叟黄童，织妇耕夫，庶几休焉，日月以须。"明王錂《寻亲记·惩恶》："白叟休猜，黄童莫睹，违者断无轻恕。"清洪昇《长生殿·改葬》："黄童白叟共相扶，尽欢呼，天颜重睹。"

❹**黄童**：幼童。晋葛洪《抱朴子·杂应》："金楼玉堂，白银为阶，五色云为衣，重叠之冠，锋铤之剑，从黄童百二十人。"

❺**牧子**：牧童。《唐律·厩库》："诸牧畜产，准所除外，死失及课不充者，一牧长及牧子，笞三十。"《新五代史·刘岳传》："《兔园册》者，乡校俚儒教田夫牧子之所诵也。"

❻**渔翁**：老渔人。唐杜甫《秋兴八首》(其七)："关塞极天惟鸟道，江湖满地一渔翁。"《水浒传》："五个人一径摇到那打鱼船边，李俊问道：'渔翁，有大鲤鱼么？'"

❼**颜巷陋**：本指颜回所居的陋巷，后用以指简陋的居所。《论语·雍也》："子曰：'贤哉，回也！一箪食，一瓢饮，在陋巷，人不堪其忧，回也不改其乐。贤哉，回也！'"唐许浑《李秀才近自涂口迁居新安适枉缄书见宽悲戚因以此答》："颜巷雪深人已去，庾楼花盛客初归。"明朱权《卓文君》："静守芸窗，僻居颜巷。"

❽**阮途穷**：喻指穷途末路，亦省作"阮途"。"阮"指阮籍。唐杜甫《早发射洪县南途中作》："茫然阮籍途，更洒杨朱泪。"唐罗邺《闻友人入越幕因以诗赠》："正哭阮途归未得，更闻江笔赴嘉招。"清李渔《闲情偶寄·颐养·行乐》："奚事哭泣阮途，而为乘槎驭骏者所窃笑哉。"

❾**冀北**：大致为现在的河北、山西两省，辽宁省辽河以西，以及山东、河南两省黄河以北的区域。冀北为良马产地，借而指人才荟萃之处。《左传·昭公四年》："冀之北土，马之所生。"《南齐书·王融传》中说"秦西冀北，实多骏骥"。

❿**辽东**：辽河以东的地区，即今辽宁省的东部和南部。

⓫**濯足**：本谓洗去脚上的污秽，后世以"濯足"比喻清除世尘，保持高洁。《楚辞·渔父》："沧浪之水清兮，可以濯我缨；沧浪之水浊兮，可以濯我足。"晋夏侯湛《东方朔画赞》："退不终否，进亦避荣。临世濯足，希古振缨。"宋张孝祥《水调歌头·泛湘江》："濯足夜滩急，晞发北风凉。"

⓬**打头风**：逆风。唐白居易《小舫》："黄柳影笼随棹月，白蘋香起打头风。"唐李涉《却归巴陵途中走笔寄唐知言》："去年腊月来夏口，黑风白浪打头吼。"宋范成大《泊长沙楚秀亭》："舟行风打头，陆行泥没鞍。"元萨都剌《高邮阻风》："忽然今日风打

头，寸波寸水逆上流。”

⑬**同泰寺**：位于鸡笼山东麓山阜上，是南京最古老的寺庙之一。大通元年（527），梁武帝萧衍下令在此修建了同泰寺，后世称同泰寺为“鸡鸣寺”。

⑭**未央宫**：汉代宫殿名，位于汉长安城地势最高的西南角龙首原上。

⑮**尘虑**：即俗念，对尘世间俗杂之事的忧虑。唐刘禹锡《游桃源一百韵》：“道芽期日就，尘虑乃冰释。”金元好问《少林雨中》：“重羡禅栖客，都无尘虑侵。”

⑯**绿绮**：汉代司马相如的琴，后世用此泛指古琴。见晋傅玄《琴赋》：“齐桓公有鸣琴曰号钟，楚庄有鸣琴曰绕梁，中世司马相如有琴曰绿绮，蔡邕有琴曰焦尾，皆名器也。”

⑰**霜华**：霜花，喻指白色须发。唐温庭筠《达摩支曲》：“旧臣头鬓霜华早，可惜雄心醉中老。”宋梅尧臣《依韵奉和永叔感兴》：“欢乐既未能，鬓发霜花易。”明张居正《答中溪李尊师论禅书》：“今不意遂已五旬，霜华飞满须鬓。”清孙枝蔚《归来》：“囊中羞涩还如故，赢得霜华上鬓须。”

⑱**青铜**：指青铜古镜。

扩展阅读

竹林七贤：三国魏正始年间（240—249），嵇康、阮籍、山涛、向秀、刘伶、王戎、阮咸七人，因常在当时的山阳县（今河南焦作市东）竹林之下喝酒纵歌，世谓“七贤”。

梁帝讲经同泰寺：梁武帝萧衍在位48年，是南北朝时期在位时间最长的皇帝。他笃信佛教，以帝王之尊舍身事佛，成为千古笑谈。萧衍曾于公元527年亲赴同泰寺，脱去御服，换上法衣，住在寺里，当起了和尚，一住便是十天。臣下急得没办法，只好凑捐了一亿万钱的“赎金”给同泰寺，萧衍这才起驾回宫。萧衍人是回来了，心还在寺里，以皇帝之尊，恪守“过午不食”的规矩，有时忙公事过了晌午，就只好以水充饥。两年后，也就是中大通元年（529）九月十五日，梁武帝在同泰寺里举行了一次佛教大典“四部无遮大会”，拜完了佛，他又犯了当和尚的瘾，在同泰寺讲《涅槃经》七日，十一月乙未，又讲《般若经》七日。

汉皇置酒未央宫：汉高祖刘邦发迹之前曾有过一段“无赖”的时光，后来他当上汉朝的开国皇帝，在未央宫摆酒大宴群臣，扬扬得意。《史记·高祖本纪》：“未央宫成，高祖大朝诸侯群臣，置酒未央前殿。高祖奉玉卮，起为太上皇寿，曰：‘始大人常以臣无赖，不能治产业，不如仲力。今某之业所就孰与仲多？’殿上群臣皆呼万岁，大笑为乐。”

相如与绿绮：司马相如原本家境贫寒，徒有四壁，但他的诗赋极有名气。梁王慕名请他作赋，相如写了一篇《如玉赋》相赠。此赋辞藻瑰丽，气韵非凡，梁王极为高兴，就以自己收藏的绿绮琴回赠。绿绮是一张传世名琴，琴内有铭文曰“桐梓合精”，即桐木、梓木结合的精华。相如得了绿绮，如获至宝，他精湛的琴艺配上绿绮绝妙的音色，使绿绮琴名声大噪。后来，“绿绮”就成了古琴的别称。

（三）

原文

贫对富，塞对通，野叟对溪童。

鬓皤❶对眉绿❷，齿皓❸对唇红。

天浩浩❹，日融融❺，佩剑对弯弓❻。

半溪流水绿，千树落花红。

野渡❼燕穿杨柳雨，芳池鱼戏芰荷❽风。

女子眉纤，额下现一弯新月；男儿气壮，胸中吐万丈长虹。

注释

❶**皤**（pó）：白色。唐白居易《白发》："白发生来三十年，而今须鬓尽皤然。"

❷**绿**：乌黑色，古诗词中常用以形容须发。唐李白《古风五十九首》："中有绿发翁，披云卧松雪。"

❸**皓**：洁白。《小尔雅·广诂》："皓，白也。"《类篇·白部》："皓，白貌。"《列子·汤问》："火浣之布……出火而振之，皓然疑乎雪。"唐张九龄《感遇》："紫兰秀空蹊，皓露夺幽色。"

❹**浩浩**：广大无际的样子。《诗经·小雅·雨无正》："浩浩昊天，不骏其德。"唐刘沧《春日旅游》："浩浩晴原人独去，依依春草水分流。"

❺**融融**：明亮、炽盛的样子。汉扬雄《太玄经》："日飞悬阴，万物融融。"

❻**佩剑对弯弓**："佩剑""弯弓"若作动宾词组解，则为"佩戴

剑”“拉弯弓”，“佩”“弯”为动词用法；若作偏正词组解，则为“佩戴的剑”“弯曲的弓”。

❼**野渡**：荒落之处或村野的渡口。唐韦应物《滁州西涧》：“春潮带雨晚来急，野渡无人舟自横。”宋吴潜《海棠春·郊行》：“云梢雾末，溪桥野渡，尽是春愁落处。”清沈自友《平沙滩》：“野渡伤归客，斜阳冷钓船。”

❽**芰（jì）荷**：即菱叶与荷叶。屈原《离骚》：“制芰荷以为衣兮，集芙蓉以为裳。”明陆采《怀香记·索香看墙》：“芰荷池雨声轻溅，似琼珠滴碎还圆。”

二冬

（一）

原文

春对夏，秋对冬，暮鼓❶对晨钟❷。
观山对玩水，绿竹对苍松❸。
冯妇虎❹，叶公龙❺，舞蝶对鸣蛩❻。
衔泥双紫燕❼，课蜜❽几黄蜂。
春日园中莺恰恰❾，秋天塞外雁雍雍❿。
秦岭云横⓫，迢递⓬八千远路；巫山⓭雨洗，嵯峨⓮十二危峰。

注释

❶**暮鼓**：古代鼓楼晚间报时的鼓声。唐王贞白《长安道》："晓鼓人已行，暮鼓人未息。"宋欧阳修《和丁宝臣游甘泉寺》："城头暮鼓休催客，更待横江弄月归。"

❷**晨钟**：古代钟楼清晨报时的钟声。北朝周庾信《陪驾幸终南山和宇文内史》："戍楼鸣夕鼓，山寺响晨钟。"唐杜甫《游龙门奉先寺》："欲觉闻晨钟，令人发深省。"五代牛希济《临江仙》："月斜江上，征棹动晨钟。"

❸**苍松**：苍翠的松树。苍，表示颜色时，一指青色，一指灰白色。

❹**冯妇虎**：冯妇，春秋时大力士，善于打虎，后来不打老虎了，有一次在野外看到众人对一负隅顽抗的大虎束手无策，忍不住

"重出江湖"，后世遂以"冯妇"指重操旧业的人。见《孟子·尽心下》："晋人有冯妇者，善搏虎，卒为善士。则之野，有众逐虎。虎负嵎，莫之敢撄。望见冯妇，趋而迎之；冯妇攘臂下车。众皆悦之，其为士者笑之。"

❺ **叶公龙**：叶公，春秋时楚国贵族，封地在叶邑（今河南叶县）。他非常喜欢龙，器物上刻着龙，房屋上也画着龙。真龙知道了，来到叶公家里，把头探进窗子。叶公一见，吓得拔腿就跑。"叶公好龙"这个故事，比喻爱好流于表面。见汉朝刘向《新序·杂事》："叶公子高好龙，钩以写龙，凿以写龙，屋室雕文以写龙。于是夫龙闻而下之，窥头于牖，拖尾于堂。叶公见之，弃而还走，失其魂魄，五色无主。是叶公非好龙也，好夫似龙而非龙者也。"

❻ **蛩**（qióng）：蝗虫、蟋蟀、蝉一类的鸣虫。"蛩唱""蛩响""蛩声"，都是虫鸣声。宋岳飞《小重山》："昨夜寒蛩不住鸣。"

❼ **紫燕**：燕子的一种，也称"越燕"。体形小而多声，颔下紫色，营巢于门楣之上，分布于江南地区。唐顾况《相和歌辞·短歌行》："紫燕西飞欲寄书，白云何处逢来客。"明徐霖《绣襦记·追奠亡辰》："忍看寄垒人家双紫燕，母子自喃喃引数飞。"

❽ **课蜜**：采蜜。金元好问《赠休粮张炼师》："中林宴坐人不知，野鹿衔花蜂课蜜。"

❾ **恰恰**：拟声词，形容莺叫声。唐杜甫《江畔独步寻花》："留连戏蝶时时舞，自在娇莺恰恰啼。"

❿ **雍雍**：拟声词，大雁的鸣叫声。《诗经·邶风·匏有苦叶》："雍雍鸣雁，旭日始旦。士如归妻，迨冰未泮。"

⓫ **秦岭云横**：语出唐韩愈《左迁至蓝关示侄孙湘》："云横秦岭家何在？雪拥蓝关马不前。"秦岭，位于今陕西省境内，是中国重要的南北地理分界线。

⓬ **迢递**：遥远的样子。西晋左思《文选·吴都赋》："岛屿绵邈，

洲渚冯隆。旷瞻迢递，迥眺冥蒙。”

⑬**巫山**：在重庆巫山县东，长江边上，形如“巫”字，有十二峰。

⑭**嵯峨**：山势高险的样子。唐杜甫《江梅》：“故园不可见，巫岫郁嵯峨。”

扩展阅读

晨钟暮鼓：古人划一昼夜为十二时辰，每个时辰相当于今日的两个小时。以圭表或铜壶测得时辰，便击鼓报时，以便让民众知晓。但鼓声传送范围有限，改为只在晚上击鼓报时。为使宫中都能听见报时声，齐武帝让人在景阳楼内悬一口大铜钟。为了使钟声传播更远，除了铜钟越铸越大之外，还建了较高的钟楼，与鼓楼相对，白日叩钟报时，夜间击鼓报时，所以古时各城市多建有钟楼和鼓楼。这一传统还在佛教寺庙中有所保留，因而“晨钟暮鼓”便用来形容寺院僧人的生活。同时也可以用作比喻使人警觉醒悟的话，或者形容时光的流逝。宋欧阳修《庐山高》：“但见丹霞翠壁远近映楼阁，晨钟暮鼓杳霭罗幡幢。”

（二）

原文

明对暗，淡对浓，上智❶对中庸❷。

镜奁❸对衣笥❹，野杵❺对村舂❻。

花灼烁❼，草蒙茸❽，九夏❾对三冬❿。

台高名戏马，斋小号蟠龙。

手擘⓫蟹螯⓬从毕卓⓭，身披鹤氅⓮自王恭⓯。

五老峰⓰高，秀插云霄如玉笔；三姑石⓱大，响传风雨若金镛⓲。

注释

❶**上智**：指大智之人。《孙子兵法·用间》："故惟明君贤将，能以上智为间者，必成大功。"《韩非子·有度》："上智捷举中事，必以先王之法为比。"

❷**中庸**：指平庸之人。

❸**奁**：女子梳妆用的镜匣，泛指精巧的小匣子。

❹**笥**：盛饭或衣物的方形竹器。

❺**杵**：舂米用的木棒。将稻、粟米等放置在臼中，用杵不停地舂捣，可除去粗皮。

❻**舂**：此处指臼，动词用作名词。

❼**灼烁**：鲜明、光彩的样子，形容花繁且鲜艳。宋玉《舞赋》："珠翠灼烁而照曜兮。"汉蔡邕《弹棋赋》："荣华灼烁，萼不韡韡。"唐韦应物《冰赋》："金石灼烁，玄泉潜沸。"明夏完淳《北风

行》:“锦袍灼烁君王语，麦饭凄凉帝子颜。”

❽**蒙茸**：蓬松杂乱的样子。

❾**九夏**：夏季有九旬，故曰“九夏”。晋陶渊明《荣木诗序》:“日月推迁，已复九夏。”

❿**三冬**：冬季的三个月，指孟冬（农历十月）、仲冬（农历十一月）、季冬（农历十二月）。

⓫**擘**（bò）：分开、剖开。

⓬**蟹螯**：螃蟹的两只大前足。

⓭**毕卓**：晋人，性嗜酒，因酒废职。毕卓酒后曾对人说：左手剥着蟹螯，右手拿着酒杯，漂游在酒池中，就足以了此一生了。

⓮**鹤氅**（chǎng）：用鸟的羽毛制成的外套。

⓯**王恭**：晋人。王恭披着鹤氅，乘着轩车，在小雪中前行，孟昶在篱间窥见，说:“此真神仙中人也。”

⓰**五老峰**：山峰名，在江西庐山东南部，是庐山最峻峭的山峰，由五座小山峰构成。因山的绝顶为垭口所断，分成并列的五座山峰，仰望俨若席地而坐的五位老翁，因而得名。

⓱**三姑石**：山峰名，在江西与福建交界处，属武夷山脉，由三座小山峰组成，据说风雨击之，声如铜钟。传说唐天宝年间有名为太素孔元君、太微庄元君、太妙叶元君的三位女仙在此游历，因而得名。

⓲**金镛**：一种鸣乐器，青铜铸造的大钟。

扩展阅读

戏马台：项羽在徐州城南户部山上，为观阅将士操练兵马而构筑起了戏马台，留下了“秋风戏马”的千古绝唱。“戏马台”被誉为“千年古城徐州第一胜迹”，是徐州现存较早的文化遗址之一。

蟠龙斋：出自《晋书·刘毅传》，东晋大司马桓温之子桓玄曾在南州（今安徽当涂县姑孰镇）修筑一书斋，上面绘满龙的图案，称为“蟠龙斋”，后来东晋的刘毅也曾在此室居住。

（三）

原文

仁对义，让对恭，禹❶舜❷对羲❸农❹。

雪花对云叶❺，芍药对芙蓉。

陈后主❻，汉中宗❼，绣虎❽对雕龙❾。

柳塘风淡淡，花圃月浓浓❿。

春日正宜朝看蝶，秋风那更⓫夜闻蛩。

战士邀功，必借干戈⓬成勇武；逸民⓭适志⓮，须凭诗酒养疏慵⓯。

注释

❶**禹**：黄帝的玄孙、颛顼的孙子，姒姓，史称“大禹”“帝禹”，是夏后氏首领、夏朝开国君王。相传，禹因治理黄河有功，受舜禅让而继承帝位。

❷**舜**：上古时代的部落联盟首领，被后世尊为帝，列入“五帝”，尊号“虞舜”。

❸**羲**：伏羲。风姓，燧人氏之子。传说其生于成纪，所处时代约为新石器时代早期。伏羲是古代传说里中华民族的人文始祖，是中国古籍中记载最早的王，也是中国医药鼻祖之一，他还根据天地万物的变化，发明创造了八卦。

❹**农**：炎帝，号“神农氏”，是中国上古时期姜姓部落的首领，传说由于懂得用火而得到王位，所以称为“炎帝”。

❺**云叶**：云朵。南朝陈张正见《初春赋得池应教》：“春光落云叶，

花影发晴枝。”唐杜甫《夏夜李尚书筵送宇文石首赴县联句》：“雨稀云叶断，夜久烛花偏。”宋范成大《明日大雨复折赠再次韵》：“一天云叶翳朝霞，风卷泥沾不惜花。”元袁桷《上京杂咏再次韵》：“风花秋黯淡，云叶雨连绵。”

❻**陈后主**：南朝陈国最后一位君主，名陈叔宝，字元秀，小名黄奴，此人在位七年不修政治，耽于吟咏，迷于酒色。陈国为隋所灭。

❼**汉中宗**：汉宣帝刘询。他在位期间，励精图治，任用贤能，贤相循吏辈出。

❽**绣虎**：比喻文采斐然、才气横溢的人。一般指曹植。宋曾慥《类说·卷四》：“曹植七步成章，号‘绣虎’。”元陈旅《院中闻大驾先还再和伯修韵》：“毡城家拜银麞赐，棘院人争绣虎看。”明陈汝元《金莲记·偕计》：“纵绣虎窗前，当趁青春努力；而非熊堂上，未便白首灰心。”清杜岕《吾友曹梁父文章气谊妙擅当时今宿草矣》：“曹家绣虎呼邯郸，击剑持蔗视子桓。”

❾**雕龙**：雕镂龙纹。比喻人善于言辞，文辞博大恢宏，不同凡响。《后汉书·崔骃传》：“崔为文宗，世禅雕龙。”也可指《文心雕龙》的作者刘勰。

❿**柳塘风淡淡，花圃月浓浓**：出自宋晏殊《无题》：“梨花院落溶溶月，柳絮池塘淡淡风。”这是抒写别后相思的恋情诗，寓情于景，回忆当年花前月下的美好生活。

⓫**那更**：义同“那堪”“怎堪”。

⓬**干戈**：泛指武器。晋张协《杂诗》：“何必操干戈，堂上有奇兵。”

⓭**逸民**：指节行超逸、避世隐居的人，也指亡国后的遗老遗少。《论语·微子》：“逸民：伯夷、叔齐、虞仲、夷逸、朱张、柳下惠、少连。”

⓮**适志**：自快得意，愉悦而行。《庄子·齐物论》：“昔者庄周梦为胡蝶，栩栩然胡蝶也，自喻适志与，不知周也。”《晋书·张翰

传》:“人生贵得适志，何能羁宦数千里，以要名爵乎。”清唐孙华《九月十八日高咏堂小集分韵得平字》:“量力宜知止，适志在无营。”

⑮**疏慵**：倦怠懒散。唐白居易《闲夜咏怀因招周协律刘薛二秀才》:“世名检束为朝士，心性疏慵是野夫。”宋苏轼《次韵答邦直、子由》:“簿书颠倒梦魂间，知我疏慵肯见原。”

扩展阅读

三皇五帝：按照流传最广的说法，三皇是伏羲（天皇）、神农（地皇）、少典（人皇）。五帝的说法也各异，一般认为是黄帝、颛顼、帝喾、尧、舜。“三皇五帝”并不是真正的帝王，而是太古时期的部落或部落联盟首领，我们的先祖追尊他们为“皇”或“帝”，敬他们为神灵，以各种美丽的神话传说来宣扬他们的伟大业绩。

三江

（一）

原文

楼对阁[1]，户[2]对窗，巨海[3]对长江。

蓉裳[4]对蕙帐[5]，玉斝[6]对银釭[7]。

青布幔，碧油幢[8]，宝剑对金缸。

忠心安社稷[9]，利口[10]覆家邦。

世祖[11]中兴延[12]马武，桀王[13]失道[14]杀龙逄[15]。

秋雨潇潇[16]，漫烂[17]黄花都满径；春风袅袅[18]，扶疏[19]绿竹正盈窗。

注释

❶**阁**：古代类似楼的建筑物，供远眺、休憩、藏书或供佛用。

❷**户**：指单扇的门。《说文解字》："半门曰户。"

❸**巨海**：大海。

❹**蓉裳**：芙蓉做的下衣。屈原《离骚》："集芙蓉以为裳。"

❺**蕙帐**：香草做的帷帐。南朝齐孔稚珪《北山移文》："蕙帐空兮夜鹤怨，山人去兮晓猿惊。"

❻**玉斝**（jiǎ）：玉制的饮酒器，后多作酒杯的美称或表示美酒。

南朝齐王融《游仙》:“金卮浮水翠，玉斝挹泉珠。”元李好古《张生煮海》:“那其间锦阵花丛，玉斝金钟，对对双双。”元张养浩《喜春来》:“兴来时斟玉斝，看天上碧桃花。”清方文《正月十九日龚孝升都宪社集观灯》:“酒斟玉斝葡萄色，烛晃银屏翡翠文。”清孔尚任《桃花扇·草檄》:“身在瑶台，笑斟玉斝，人生几见此佳景。”

❼**银釭**:银白色的灯台。南朝梁元帝《草名》:“金钱买含笑，银釭影梳头。”金董解元《西厢记诸宫调》:“壁上银釭半明灭，床上无眠，愁对如年夜。”明夏完淳《寒灯赋》:“渺银釭之寒夜，照羁愁之独眠。”

❽**碧油幢**(chuáng):青绿色的油布帷幕。幢，古代一种用羽毛装饰的用于仪仗的旗帜，或张挂于车船之上的帷幕。

❾**社稷**:“社”和“稷”分别指土神和谷神，在古代农业社会中是国家最重要的原始崇拜物，故用以代指国家。汉班固《白虎通·社稷》:“王者所以有社稷何？为天下求福报功。”

❿**利口**:能言善辩的嘴，代指只说不做的清谈家。

⓫**世祖**:东汉光武帝刘秀，东汉王朝开国皇帝，庙号“世祖”，谥号“光武皇帝”，中国历史上著名的政治家、军事家。刘秀率众推翻了王莽建立的新朝，建立东汉，恢复了刘姓的天下，故被称为“中兴之主”。

⓬**延**:邀请、引进、任用之意。晋陶渊明《桃花源记》:“各复延至其家，皆出酒食。”《三国演义》:“饮宴既毕，谦延玄德于上座。”

⓭**桀王**:指夏朝的亡国之君夏桀，历史上有名的暴君。桀文武双全，但荒淫无度、暴虐无道。商汤在名相伊尹谋划下，起兵伐桀，汤先攻灭桀的党羽豕韦、顾国，击败昆吾国，然后直逼夏朝重镇鸣条(今河南封丘东，一说山西运城西)。桀被汤追上俘获，放逐于南巢(今安徽巢湖)，夏朝覆亡。数年后，夏桀

死于南巢。

⑭**失道**：丧失治国之道。

⑮**龙逄**（páng）：夏桀的臣子关龙逄，性情刚烈，屡次直言进谏，后被夏桀囚杀。

⑯**潇潇**：风急雨骤的样子。《诗经·郑风·风雨》："风雨潇潇，鸡鸣胶胶。"明王錂《寻亲记》："雨潇潇似银烛千条，泻平地顿成沧海。"

⑰**漫烂**：鲜明美丽的样子。唐李涉《却归巴陵途中走笔寄唐知言》："不觉淹留两月余，风光漫烂生洲渚。"

⑱**袅袅**：萦回缭绕、摇曳不定的样子。南朝梁萧子显《南齐书·苏侃传》："情绵绵而方远，思袅袅而遂多。"唐李贺《老夫采玉歌》："斜山柏风雨如啸，泉脚挂绳青袅袅。"

⑲**扶疏**：植物错落有致、枝叶茂盛的样子。宋姜夔《虞美人·咏牡丹》："花树扶疏，一半白云遮。"汉班固《汉书·楚元王刘交传》："其梓柱生枝叶，扶疏上出屋。"汉枚乘《七发》："中郁结之轮菌，根扶疏以分离。"

扩展阅读

刘秀：新莽末年，海内分崩，天下大乱，身为一介布衣却有前朝血统的刘秀在家乡乘势起兵。公元25年，刘秀与"更始政权"公开决裂，于河北登基称帝，为表刘氏重兴之意，仍以"汉"为其国号，史称"东汉"。经过长达12年的统一战争，刘秀先后平灭了关东、陇右、西蜀等地的割据政权，结束了自新莽末年以来近20年的军阀割据与混战局面。刘秀在位33年，大兴儒学，推崇气节，东汉一朝也被后世史家推崇为中国历史上"风化最美、儒学最盛"的时代。建武中元二年（57）二月戊戌日（二月初五），刘秀在南宫前殿逝世，享年62岁。遗诏说："我无益于百姓，后事都照孝文皇帝制度，务必俭省。刺史、二千石长吏都不要离开自己所在的城邑，不要派官员或通过驿传邮寄唁函吊唁。”刘秀死后葬于原陵，上庙号世祖、谥号光武皇帝。

马武：东汉开国名将，曾破王寻、攻王郎、败刘永、击“武陵蛮”及羌人。南朝宋时期的历史学家范晔编撰的《后汉书·马武传》：“马武，字子张，南阳湖阳人也。少时避仇，客居江夏。王莽末，竟陵、西阳三老起兵于郡界，武往从之，后入绿林中，遂与汉军合。更始立，以武为侍郎，与世祖破王寻等。拜为振威将军，与尚书令谢躬共攻王郎。”马武骁勇善战，刘秀在一次宴会后，曾独自与马武一起登上丛台，延请马武为将军，率领其精锐部队渔阳、上谷突骑。马武十分感激刘秀的知遇之恩，所以忠心不贰，在战争中功勋卓著。刘秀称帝后，马武被封为捕虏将军、杨虚侯，为云台二十八将之一。

（二）

原文

旌❶对旆❷，盖对幢，故国对他邦。

千山对万水，九泽❸对三江❹。

山岌岌❺，水淙淙❻，鼓振对钟撞。

清风❼生酒舍❽，白月❾照书窗。

阵上倒戈辛纣战❿，道旁系剑子婴降⓫。

夏日池塘，出没浴波⓬鸥对对；春风帘幕，往来营垒⓭燕双双。

注释

❶**旌**：古代用牦牛尾或五彩羽毛饰竿头的旗子。

❷**旆**（pèi）：古代旗末端状如燕尾的垂旒。

❸**九泽**：古时候的九个大湖，说法不一。据《尚书·禹贡》，九泽分别是：雷夏泽、大野泽、彭蠡泽、震泽、云梦泽、荥波泽、菏泽、孟猪泽、猪野泽。

❹**三江**：三条河流的并称。最早并称“三江”的是松江、钱塘江、浦阳江。

❺**岌岌**：形容高耸的样子。也可指山高陡峭，就要倒下的样子。屈原《离骚》：“高余冠之岌岌兮，长余佩之陆离。”唐张九龄《奉和圣制途经华山》：“攒峰势岌岌，翊辇气雄雄。”明李东阳《题应宁所藏马敬瞻山水图》：“诗成画去两无聊，空对西山高岌岌。”

❻**淙淙**：象声词，形容流水声。唐白居易《草堂前新开一池养鱼种荷日有幽趣》：“淙淙三峡水，浩浩万顷陂。”《聊斋志异》：

“不意淙淙彻暮，檐雨如绳。”

❼**清风**：凉爽的风。也可指清新高洁的风格、品格。《三国演义》：“老人曰：‘吾乃南华老仙也。’言讫，化阵清风而去。”清沈复《浮生六记》：“舟窗尽落，清风徐来，纨扇罗衫，剖瓜解暑。”汉张衡《东京赋》：“清风协于玄德，淳化通于自然。”元关汉卿《蝴蝶梦》：“我扶立当今圣明主，欲播清风千万古。”

❽**酒舍**：酒馆。《史记·司马相如列传》：“相如与俱之临邛，尽卖其车骑，买一酒舍酤酒，而令文君当垆。”唐刘禹锡《堤上行》：“春堤缭绕水徘徊，酒舍旗亭次第开。”宋张咏《贻傅逸人》：“门连酒舍青苔滑，路近沙汀白鸟分。”

❾**白月**：一本作“皓月”，指明月。

❿**阵上倒戈辛纣战**：辛纣，即商纣王。周武王伐商，在牧野会战中，商朝兵士在阵前起义，倒戈反击，商纣王被迫登鹿台自焚。见《史记·周本纪》：“帝纣闻武王来，亦发兵七十万人距武王。武王使师尚父与百夫致师，以大卒驰帝纣师。纣师虽众，皆无战之心，心欲武王亟入。纣师皆倒兵以战，以开武王。武王驰之，纣兵皆崩畔纣。纣走，反入登于鹿台之上，蒙衣其殊玉，自燔于火而死。”

⓫**道旁系剑子婴降**：系剑，当作“系颈”。刘邦率军逼近咸阳时，秦朝末代统治者子婴以绳系颈于道旁，素车白马投降。见《史记·高祖本纪》：“汉元年十月，沛公兵遂先诸侯至霸上。秦王子婴素车白马，系颈以组，封皇帝玺符节，降轵道旁。”

⓬**浴波**：在水中嬉戏，或表示破水而出的样子。《东周列国志》：“少顷，风浪顿息，但见水面流红……浴波而出。”

⓭**营垒**：此处指鸟儿筑巢。

（三）

原文

铢❶对两❷，只对双，华岳❸对湘江❹。
朝车❺对禁鼓❻，宿火❼对寒缸❽。
青琐闼❾，碧纱窗❿，汉社对周邦。
笙箫鸣细细⓫，钟鼓响拟拟⓬。
主簿⓭栖鸾名有览，治中⓮展骥姓惟庞。
苏武牧羊⓯，雪屡餐于北海；庄周活鲋⓰，水必决于西江。

注释

❶**铢**（zhū）：古代重量单位。一说旧制二十四铢为一两。
❷**两**：古代重量单位。有旧制十六两为一市斤的说法。
❸**华岳**：西岳华山，位于今陕西省东部，五岳之一。
❹**湘江**：属长江流域洞庭湖水系，湖南省最大的河流。
❺**朝车**：古代君臣行朝夕礼及宴饮时出入用的车。《吕氏春秋·赞能》："（管仲）至齐境，桓公使人以朝车迎之。"唐于渍《古宴曲》："雉扇合蓬莱，朝车回紫陌。"
❻**禁鼓**：古代设置在宫城谯楼上报时的鼓。《水浒传》："早听得谯楼禁鼓，却转初更。"清毕沅《续资治通鉴·宋真宗咸平五年》："德权因条上衢巷广袤及禁鼓昏晓，皆复长安旧制。"
❼**宿火**：隔夜未熄的火；预先留下的火种。《百喻经·水火喻》："昔有一人，事须火用，及以冷水。即便宿火，以澡盥盛水，置于火上。"唐郑綮《老僧》："冻瓶黏柱础，宿火陷炉灰。"清

李绿园《歧路灯》:“(谭绍闻)一直起来,剔了灯内灯草,拨开炉中宿火,坐在一条凳上,寻思梦中情景。”

❽**寒釭**:又作“寒缸”,即寒灯。唐白居易《不睡》:“焰短寒缸尽,声长晓漏迟。”宋陆游《有怀梁益旧游》:“土堠累累只复双,悠然残梦对寒釭。”

❾**青琐闼**(tà):刻有青色连环花纹的宫门。闼,宫门。

❿**碧纱窗**:装有绿色薄纱的窗。五代前蜀李珣《酒泉子》:“秋月婵娟,皎洁碧纱窗外。”明冯梦龙《山歌·无郎》:“姐儿立在碧纱窗,眼观孤雁好恓惶。”《红楼梦》:“(宝玉)觉得一缕幽香,从碧纱窗中暗暗透出。”

⓫**细细**:细小轻微。

⓬**摐摐**(chuāngchuāng):象声词。敲击钟鼓的声音。唐韩愈《病中赠张十八》:“扶几导之言,曲节初摐摐。”

⓭**主簿**:县令的属官,主管文书簿籍之事。

⓮**治中**:官职名,州刺史的助理,主管文书档案。

⓯**苏武牧羊**:苏武为西汉大臣,出使匈奴时被扣留,后至北海(今贝加尔湖)牧羊,渴饮雪水,饥吞毡毛,历尽艰辛,居匈奴十九年,持节不屈。《汉书·苏武传》:“律知武终不可胁,白单于。单于愈益欲降之,乃幽武,置大窖中,绝不饮食。天雨雪,武卧啮雪,与旃毛并咽之,数日不死。匈奴以为神,乃徙武北海上无人处,使牧羝,羝乳乃得归。别其官属常惠等各置他所。武既至海上,廪食不至,掘野鼠去草实而食之。杖汉节牧羊,卧起操持,节旄尽落。”

⓰**庄周活鲋**:有一次庄子外出,在一条车辙之中发现一尾鲋鱼,鲋鱼请求庄子给它一些水以活命,庄子慨然表示要去引西江的水过来救它。

扩展阅读

五岳：指东岳泰山、西岳华山、南岳衡山、北岳恒山和中岳嵩山。

仇览：字季智，又名香，东汉官吏。他鼓励人们发展生产，为百姓制定法令条文，为果树蔬菜定出限额，为鸡猪规定数量。农事完毕之后，就让子弟们一起到学校学习。对放荡不羁的人，全都用耕田桑蚕之事役使他们，严格制定惩罚规章。妻子儿女有过失，他就脱帽表示自责，直至妻儿在院中道歉。他四十岁时，考城县令王涣听说仇览以德化人，便委任仇览当主簿。王涣对仇览说："你听到陈元的过错，不治罪而感化他，莫非缺少鹰鹯一样的威猛心志?"仇览说："我以为鹰鹯威猛不如鸾凤美好。"王涣致谢，送别仇览。王涣说："棕树荆棘不是鸾凤栖息之处，百里之路不是你这样的大贤人走的路呢!"

庞统：字士元，是三国时期刘备的谋士，初与诸葛亮齐名，刘备曾任用他为耒阳令。庞统年少时为人淳朴，不露聪慧，当时没有人认识到他的真才实学。颍川郡名士司马徽人品高雅，有知人之明，庞统二十岁上前去拜访司马徽，司马徽正在树上采摘桑叶，让庞统坐在树下，两人进行交谈，从白天一直到夜晚。司马徽十分惊异庞统的才识，赞赏庞统是南州士子的翘楚，于是庞统名声渐渐显扬开来。鲁肃与刘备皆称他不是百里之才，只有让他的官位在治中别驾间，才能展其骏马之志。

四支

（一）

原文

茶对酒，赋对诗，燕子对莺兒[1]。

栽花对种竹，落絮[2]对游丝[3]。

四目颉[4]，一足夔[5]，鸲鹆[6]对鹭鸶[7]。

半池红菡萏[8]，一架白荼蘼[9]。

几阵秋风能应候[10]，一犁春雨甚知时。

智伯恩深，国士[11]吞变形之炭；羊公[12]德大，邑人竖堕泪之碑。

注释

❶**莺兒（ní）**：即“莺儿”。一般称作“黄鹂”，也叫“黄莺鸟”，身体黄色，自眼部至头后部黑色，嘴淡红色。唐王维《左掖梨花》：“黄莺弄不足，衔入未央宫。”唐金昌绪《春怨》：“打起黄莺儿，莫教枝上啼。”宋邵雍《春尽后园闲步》：“绿树成阴日，黄莺对语时。”

❷**落絮**：飘落的丝絮。

❸**游丝**：飘浮在空中的细丝。《红楼梦》：“游丝软系飘春榭，落絮

轻沾扑绣帘。”

❹ **四目颉**：仓颉，据传为汉字的创造者。传说仓颉生有四只眼睛。

❺ **一足夔**：夔是舜的臣子，据说只有一只脚。《孔丛子·论书》：“吾闻夔一足，有异于人，信乎?”

❻ **鸲鹆**（qúyù）：八哥。也作“鸜鹆”。《春秋·昭公二十五年》：“有鸜鹆来巢。”（杨伯峻注：“鸜同鸲，音劬。鸜鹆即今之八哥，中国各地多有之。”）

❼ **鹭鸶**：鹭科鸟类，通常指白鹭。

❽ **菡萏**（hàndàn）：荷花。《诗经·陈风·泽陂》：“彼泽之陂，有蒲菡萏。”南唐李璟《摊破浣溪沙》：“菡萏香销翠叶残，西风愁起绿波间。”宋欧阳修《西湖戏作示同游者》：“菡萏香清画舸浮，使君宁复忆扬州。”清洪昇《长生殿》：“宛似浮波菡萏，含露弄娇辉。”

❾ **荼蘼**：也作“荼蘼”“酴醾”，为落叶灌木，攀援茎，有刺，夏季开白花，洁美清香。宋王淇《春暮游小园》：“开到荼蘼花事了。”《红楼梦》：“吟成豆蔻诗犹艳，睡足荼蘼梦亦香。”清陈淏子《花镜》：“荼蘼花有三种，大朵千瓣，色白而香，每一颖着三叶如品字。青跗红萼，及大放，则纯白。有蜜色者，不及黄蔷薇，枝梗多刺而香。又有红者，俗呼番荼蘼，亦不香。”

❿ **应候**：顺应时令节候。晋陆云《寒蝉赋序》：“处不巢居，则其俭也；应候守节，则其信也。”唐李商隐《为荥阳公进贺冬银乳白身状》：“黄钟应候，白琯舒和。”明俞安期《望海》：“日日潮来长应候，似应西答百川朝。”清王士禛《居易录》：“及二三月，众花应候而发，而冬花已憔悴。”

⓫ **国士**：指一国之中才能最优秀的人物，或者最勇敢、最有力量的人物。此句中的“国士”，指战国时期的晋国人、“四大刺客”之一的豫让。他的主公智伯伐赵襄子，战败身亡，豫让就把漆涂在身上使皮肤溃烂，吞下火炭使嗓子嘶哑，改变了形貌、姓

名之后，去行刺赵襄子，行刺未遂后自杀身亡。

⑫**羊公**：羊祜，字叔子，是魏晋时期大臣，著名的战略家、政治家和文学家，博学能文，清廉正直。他曾在襄阳屯田兴学，以德怀柔，深得军民之心。羊祜病故之后，襄阳百姓在岘山树立石碑建造庙宇，每年按时祭祀，看见石碑的人没有不落泪的，于是这块石碑就被称为“堕泪碑”。

（二）

原文

行对止，速对迟，舞剑对围棋。
花笺❶对草字❷，竹简❸对毛锥❹。
汾水鼎❺，岘山碑❻，虎豹对熊罴❼。
花开红锦绣❽，水漾碧琉璃❾。
去妇因探邻舍枣❿，出妻为种后园葵⓫。
笛韵和谐，仙管恰从云里降；橹声咿轧⓬，渔舟正向雪中移。

注释

❶**花笺**：精致华美的笺纸。南朝陈徐陵《玉台新咏序》："三台妙迹，龙伸蠖屈之书；五色花笺，河北胶东之纸。"宋孙光宪《河传》："檗花笺，艳思牵。"

❷**草字**：草书。

❸**竹简**：古时将字写于竹片之上，因而竹简可表示书籍。

❹**毛锥**：毛笔。

❺**汾水鼎**：据《史记·孝武本纪》，汉武帝曾得宝鼎于汾水，并因此改年号为"元鼎"。

❻**岘山碑**：羊祜死后葬于岘山，"岘山碑"就是堕泪碑。

❼**熊罴**（pí）："罴"是熊的一种，后世用"熊罴"比喻勇士或军队。唐杨炯《唐右将军魏哲神道碑》："胜残去杀，上凭宗庙之威；禁暴戢奸，下借熊罴之用。"元朱守谅《秋夜偶成》："暂止熊罴消大暑，秋深云合殄妖氛。"亦可比喻辅君的贤臣。唐杜甫《赠

崔十三评事公辅》:“燕王买骏骨，渭老得熊罴。”宋王安石《送郓州知府宋谏议》:“舟楫商岩命，熊罴渭水占。”

❽**锦绣**：色彩鲜艳、质地精美的丝织品，比喻事物的美好。唐刘禹锡《酬乐天见贻贺金紫之什》:“珍重贺诗呈锦绣，愿言归计并园庐。”

❾**琉璃**：一种青绿色的宝石。《后汉书·西域传·大秦》:“土多金银奇宝，有夜光璧、明月珠、骇鸡犀、珊瑚、虎魄、琉璃、琅玕、朱丹、青碧。”

❿**去妇因探邻舍枣**：王吉的邻居种有枣树，枣树生长茂盛垂挂到王吉的庭园里，王吉之妻采了几个枣子吃，因此王吉欲休妻，邻居闻知后便欲砍树。后经邻里调解，夫妇重归于好。见《汉书·王吉传》。

⓫**出妻为种后园葵**：春秋时期公仪休为鲁国相，有一天在家中吃到葵菜，又见妻子在纺织，责怪道:“欲夺园夫红女之利乎?”为了不与农夫和纺织女工争利，公仪休怒而拔去葵菜，并休妻出门。见《史记·循吏列传》。

⓬**咿轧**：象声词。摇橹声。

（三）

原文

戈对甲，鼓对旗，紫燕对黄鹂。
梅酸对李苦，青眼[1]对白眉[2]。
三弄笛[3]，一围棋，雨打对风吹。
海棠春睡早[4]，杨柳昼眠迟[5]。
张骏曾为槐树赋[6]，杜陵不作海棠诗[7]。
晋士特奇，可比一斑之豹[8]；唐儒博识，堪为五总之龟[9]。

注释

❶**青眼**：指对人喜爱或尊敬，与“白眼”相对。两眼正视，露出瞳孔，则为“青眼”；两眼斜视，露出眼白，则为“白眼”。据说，阮籍母亲丧时，其好友嵇康来慰问，阮籍给的就是青眼；而阮籍看不顺眼的嵇康的哥哥嵇喜来吊唁时，阮籍给的就是白眼。见《晋书·阮籍传》。

❷**白眉**：三国马良，字季常，眉有白毛，是“诸葛亮挥泪斩马谡”故事中马谡的哥哥。马氏兄弟五人均有才名，但马良最杰出，因此民间传诵：“马氏五常，白眉最良。”

❸**弄笛**：双手持笛演奏。

❹**海棠春睡早**：宋苏轼《海棠》：“只恐夜深花睡去，故烧高烛照红妆。”

❺**杨柳昼眠迟**：见《三辅故事》：“汉苑有柳如人，名人柳，一日三眠三起。”清厉鹗《台城路·蚕》写养蚕人“守定芦帘，三

眠三起似人柳”，用的就是这个典故。

❻**张骏曾为槐树赋**：西凉建国之前，河右地区没有楸、槐、柏、漆等树木。前凉张骏在位时，从秦陇取来种植，后来全都死了，而王宫酒泉宫的西北角唯有槐树生长，凉武昭王李暠于是作《槐树赋》，感叹僻陋偏远之地不是建立功业的地方。见《晋书·李玄盛传》。

❼**杜陵不作海棠诗**：“杜陵”就是杜甫。据说杜甫母亲名叫海棠，为表示对自己母亲的尊敬，他不作海棠诗。

❽**一斑之豹**：王羲之的儿子王献之小时看人玩樗蒲（一种游戏），便知胜负，其父门人轻视他说：“管中窥豹，时见一斑。”见《世说新语·方正》。

❾**五总之龟**：古人视龟为长寿的灵物，龟每二百岁生出二尾，称“一总”，至千岁生出五总，称“一聚”。五总之龟无所不知，因而称博学多闻的人为五总龟。《新唐书·殷践猷传》：“殷氏学问淹通，贺知章尝号为五总龟。”

五微

（一）

原文

来对往，密对稀，燕舞对莺飞。

风清对月朗[1]，露重对烟微[2]。

霜菊瘦[3]，雨梅肥[4]，客路[5]对渔矶[6]。

晚霞舒锦绣[7]，朝露缀珠玑[8]。

夏暑客思欹[9]石枕[10]，秋寒妇念寄边衣[11]。

春水才深，青草岸边渔父[12]去；夕阳半落，绿莎[13]原上牧童归。

注释

❶ **风清对月朗**："风清月朗"指晚风清凉、月光明朗。唐权德舆《独酌》："风清与月朗，对此情何极。"

❷ **露重对烟微**："露重烟微"指露水很重、雾气轻微。风清月朗是夜景，露重烟微是晨光，此两联都是唯美的写景。

❸ **霜菊瘦**：秋菊经霜后盛开，花瓣细长而显瘦劲之美。宋李清照《醉花阴》："帘卷西风，人比黄花瘦。"

❹ **雨梅肥**：梅子经雨季滋润，果实更加饱满鲜美。宋周邦彦《满

庭芳·夏景》:“风老莺雏，雨肥梅子。”

❺**客路**:旅途。唐王湾《次北固山下》:“客路青山外，行舟绿水前。”

❻**渔矶**:可供垂钓打鱼的水边岩石。唐戴叔伦《过故人陈羽山居》:“峰攒仙境丹霞上，水绕渔矶绿玉湾。”宋陆游《一落索》:“雨蓑烟笠傍渔矶，应不是、封侯相。”

❼**晚霞舒锦绣**:晚霞像锦绣一样舒展在长空。唐刘禹锡《杂曲歌辞·浪淘沙》:“濯锦江边两岸花，春风吹浪正淘沙。女郎剪下鸳鸯锦，将向中流匹晚霞。”明李梦阳《平坡寺》:“西山万佛寺，灿若舒锦绣。”

❽**朝露缀珠玑**:清晨的露水像珍珠一样点缀在草叶上。珠玑，珠宝。宋陈宓《秋夜》:“白月无瑕呈佩玦，黄花有露缀珠玑。”

❾**攲**:倚靠。

❿**石枕**:石头做的枕头。唐太上隐者《答人》:“偶来松树下，高枕石头眠。山中无历日，寒尽不知年。”

⓫**边衣**:戍边之人穿的衣服。又称“征衣”。古代从军打仗，服装需要自备，每到秋冬季节，战士的家人就会给他们寄过冬用的衣服。唐陈玉兰《寄夫》:“夫戍边关妾在吴，西风吹妾妾忧夫。一行书信千行泪，寒到君边衣到无?”

⓬**渔父**:渔翁。

⓭**绿莎**:绿色的莎草。

（二）

原文

宽对猛[1]，是对非，服美[2]对乘肥[3]。

珊瑚[4]对玳瑁[5]，锦绣对珠玑。

桃灼灼[6]，柳依依[7]，绿暗对红稀[8]。

窗前莺并语，帘外燕双飞。

汉致太平三尺剑，周臻[9]大定一戎衣[10]。

吟成赏月之诗，只愁月堕；斟满送春之酒，惟憾春归。

注释

❶**猛**：严厉。

❷**服美**：意为华丽的衣着。

❸**乘肥**：意为肥壮的马。

❹**珊瑚**：许多珊瑚虫的骨骼聚集物，树状，供玩赏。

❺**玳瑁**：海龟科海洋动物，背甲坚硬厚实，在古代被制成珍贵宝石类装饰品。汉乐府《孔雀东南飞》："足下蹑丝履，头上玳瑁光。"

❻**灼灼**：形容花开得茂盛。《诗经·周南·桃夭》："桃之夭夭，灼灼其华。"

❼**依依**：形容柳枝柔软，随风飘拂。《诗经·小雅·采薇》："昔我往矣，杨柳依依。"

❽**绿暗对红稀**："绿暗"指绿叶颜色变深，"红稀"指红花凋谢变少，这都是晚春到初夏的景色。宋晁补之《临江仙》："绿暗汀

州三月暮，落花风静帆收。”宋晏殊《踏莎行》：“小径红稀，芳郊绿遍，高台树色阴阴见。”

❾**臻**：至、到。

❿**一戎衣**：一穿上军服，指用兵作战。《尚书·武成》：“一戎衣，天下大定。”戎衣，军服。

（三）

原文

声对色，饱对饥，虎节[1]对龙旂[2]。

杨花[3]对桂叶[4]，白简[5]对朱衣[6]。

尨[7]也吠，燕于飞[8]，荡荡[9]对巍巍[10]。

春暄[11]资[12]日气，秋冷借霜威。

出使振威冯奉世[13]，治民异等[14]尹翁归[15]。

燕[16]我弟兄，载[17]咏棣棠韡韡[18]；命伊[19]将帅，为歌杨柳依依[20]。

注释

❶**虎节**：一说雕刻成虎头形的符节，是古时使臣执以示信之物。《周礼·地官·掌节》："凡邦国之使节，山国用虎节，土国用人节，泽国用龙节。"一说兵符，古代军队中调兵遣将的凭证，一般为铜铸，虎形，上有相应的铭文。分左右两半，右半留在中央，左半归统兵者掌管，调兵时由使者持右半虎节与统兵者验合，方能发兵。

❷**龙旂**：画蛟龙图纹之旗，古时为王侯仪仗之用。《诗经·商颂·玄鸟》："龙旂十乘，大糦是承。"

❸**杨花**：指柳絮。北周庾信《春赋》："新年鸟声千种啭，二月杨花满路飞。"唐李白《闻王昌龄左迁龙标遥有此寄》："杨花落尽子规啼，闻道龙标过五溪。"宋陈偕《满庭芳》："榆荚抛钱，桃英胎子，杨花已送春归。"

❹**桂叶**：桂树的叶。唐王勃《白鹤寺碑》："锵锵檐铎声，传桂叶

之风；焰焰山炉气，结松阴之蔼。”

❺**白简**：古代御史谏官弹劾的奏章称“白简”，也可用来代指御史等主管监察的官员。

❻**朱衣**：官员所穿的一种红色的官服，也可代指有资格穿此类服装的官员。唐代四品、五品的官员都穿朱衣。

❼**尨**（máng）：多毛狗。《诗经・召南・野有死麕》：“无感我帨兮，无使尨也吠。”

❽**燕于飞**：燕子双飞。《诗经・邶风・燕燕》：“燕燕于飞，差池其羽。”

❾**荡荡**：这里指水流大而急。《尚书・尧典》：“汤汤洪水方割，荡荡怀山襄陵，浩浩滔天。”汉司马相如《上林赋》：“荡荡乎八川分流，相背异态，东西南北，驰骛往来。”《晋书・孙绰传》：“中夏荡荡，一时横流，百郡千城，曾无完郛者，何哉？”

❿**巍巍**：指山高大壮观。明刘基《卖柑者言》：“孰不巍巍乎可畏，赫赫乎可象也。”

⓫**暄**：温暖。

⓬**资**：供给，帮助。

⓭**冯奉世**：西汉武帝、宣帝时人。他奉命出使西域大宛国时，遇上莎车国杀了汉朝使者，他便劝说西域诸国，发兵大破莎车，杀莎车王，威名远扬，得到西域各国敬重。见《汉书・冯奉世传》。

⓮**异等**：特等，超出别人一等。

⓯**尹翁归**：西汉宣帝时人。他曾任东海郡太守，因为政绩卓著而调迁右扶风（官名），为官清廉严正，死后家无余财。

⓰**燕**：同“宴”，宴请。

⓱**载**：发语词，无实义。

⓲**棣棠韡韡**（wěiwěi）：出自《诗经・小雅・常棣》：“常棣之华，鄂不韡韡，凡今之人，莫如兄弟。”“常棣”亦作“棠棣”，花木

名，后以“棠棣”代指兄弟情谊。古诗文将“棠棣”写成“棣棠”，有时是为了服从对仗平仄的要求。韡韡，光艳茂盛的样子。

⑲**伊**：代词，你、你们。

⑳**杨柳依依**：出自《诗经·小雅·采薇》：“昔我往矣，杨柳依依；今我来思，雨雪霏霏。”据说周天子派军队征伐入侵的西方少数民族猃狁，戍卒们在征途中作此诗。

扩展阅读

朱衣点头：据明代陈耀文所撰《天中记》卷三十八引《侯鲭录》记载，欧阳修任翰林学士，主持贡院举试时，每次拿起朱笔批阅考卷，总觉得有一个穿着朱色服装的人站在他后面，严肃地注视着他手中的朱笔。起初，欧阳修以为是侍从站在他身后，但回头看时，又无一人。这朱衣人一点头，他批阅着的文章便是合格的；否则，就不合格。因此，欧阳修觉得非常奇怪。后来，欧阳修把这件事告诉同僚，同僚们无不感到惊异。朱衣人在欧阳修身后点头的这件事传开后，那些参加考试的人，心里常常暗暗祷念“唯愿朱衣一点头”，就是希望自己的考卷合格，被录取。

六鱼

（一）

原文

无对有，实对虚，作赋对观书。

绿窗[1]对朱户[2]，宝马[3]对香车[4]。

伯乐马[5]，浩然驴[6]，弋雁[7]对求鱼。

分金齐鲍叔[8]，奉璧蔺相如[9]。

掷地金声孙绰[10]赋，回文锦字窦滔[11]书。

未遇殷宗[12]，胥靡[13]困傅岩之筑[14]；既逢周后[15]，太公[16]舍渭水之渔。

注释

❶**绿窗**：指贫女的居室。与“红楼”相对，红楼为富家女子居室。唐白居易《秦中吟·议婚》：“红楼富家女，金缕绣罗襦。……绿窗贫家女，寂寞二十余。”也可指绿色窗纱，泛指女子居室。唐李绅《莺莺歌》：“绿窗娇女字莺莺，金雀娅鬟年十七。”五代前蜀韦庄《菩萨蛮》：“劝我早归家，绿窗人似花。”宋张先《贺圣朝》：“爱来书幌绿窗前，半和娇笑。”

❷**朱户**：古代帝王赏赐诸侯或有功大臣的朱红色大门，古为“九

锡”之一。《韩诗外传》:“诸侯之有德，天子锡之。一锡车马，再锡衣服……六锡朱户。”《汉书·王莽传上》:“于是莽稽首再拜，受绿韨衮冕衣裳……九命青玉珪二，朱户，纳陛。”亦可泛指富贵人家。晋葛洪《抱朴子·畅玄》:“怡颜丰柯之下，而朱户变为绳枢。”五代冯延巳《虞美人》:“碧波朱户垂帘幕，帘下莺莺语。”

❸**宝马**：名贵的骏马。唐张说《安乐郡主花烛行》:“商女香车珠结网，天人宝马玉繁缨。”

❹**香车**：一说用香木做的车，泛指华美的车轿。唐卢照邻《行路难》:“春景春风花似雪，香车玉舆恒阗咽。”一说“阿香车”，即神话中的雷车。明谢谠《四喜记·喜逢甘雨》:“香车声破江门晓，云端一泻天瓢，沛人间盆倾下洨，八荒洗尽焰敲。”另说神仙乘的车。唐叶法善《留诗》:“自此非久住，云上登香车。”清龚自珍《南歌子·自题近词卷尾》:“灵鹊飞秋夕，香车驾暮烟。”车，古有两种读音，此处的“车”属鱼韵，所以读jū；本章内另两处“车”亦读jū。

❺**伯乐马**:“伯乐”本是天上的星宿名，主典天马。春秋时期秦国人孙阳，以善相马著称，因此后人称之为“伯乐”。《韩诗外传》:“使骥不得伯乐，安得千里之足。”唐韩愈《马说》:“世有伯乐，然后有千里马。千里马常有，而伯乐不常有。”

❻**浩然驴**:“浩然”就是唐朝诗人孟浩然，据说他骑着驴子时往往会诗兴大发。

❼**弋雁**：射雁。弋，一种系有细丝绳的箭，用来射猎飞禽。《诗经·郑风·女曰鸡鸣》:“将翱将翔，弋凫与雁。”

❽**分金齐鲍叔**:“鲍叔”即鲍叔牙，春秋齐人，他与管仲交好，两人曾在南阳合伙经商，分利润时，管仲私自多取，鲍叔牙知道管仲家有老母且家境贫寒，并不认为是管仲贪财。事见《史记·管晏列传》。

❾**奉璧蔺相如**：蔺相如，战国时期赵国大臣。秦昭王得知赵国得到了楚国的和氏璧，并且在运送过程中必经秦国，便佯装表示愿以十五座城与赵交换和氏璧，欲骗取和氏璧。蔺相如奉使入秦，据理力争，机智周旋，终于完璧归赵。事见《史记·廉颇蔺相如列传》。

❿**孙绰**：东晋文学家，博学善文。曾作《天台山赋》，其友人范荣期读了以后，盛赞说："您试着将它扔到地下，必将会发出钟磬一样的声音。"

⓫**窦滔**：东晋人，在前秦苻坚朝任秦州刺史，因被诬告而被发配西北的沙漠服苦役，其妻苏蕙就用锦织成一首回文旋图诗（顺读反读皆能成文的诗）寄赠给他，表示自己的思念之情。

⓬**殷宗**：殷商高宗武丁。

⓭**胥靡**：此指古代服劳役的刑徒。

⓮**傅岩之筑**：傅说是商代宰相，辅佐殷商高宗武丁安邦治国，形成了历史上有名的"武丁中兴"，留有"非知之艰，行之惟艰"的名句，被尊称为"圣人"。而这位颇具传奇色彩、奴隶出身的宰相，前朝时曾受牵连获罪，在傅岩筑墙。传说武丁夜梦天神赐他辅佐良才，醒来之后把梦中良才的容貌画下来访求天下，最后找到了正在筑墙的傅说，于是立他为相。

⓯**周后**：指周文王。后，君王。

⓰**太公**：指太公望，名姜尚，也就是姜太公。他曾经在渭水边钓鱼，周文王遇到他，立为国师。

（二）

原文

终对始，疾对徐，短褐[1]对华裾[2]。

六朝[3]对三国[4]，天禄[5]对石渠[6]。

千字策[7]，八行书[8]，有若[9]对相如[10]。

花残无戏蝶，藻密有潜鱼。

落叶舞风高复下，小荷浮水卷还舒。

爱见[11]人长[12]，共服[13]宣尼[14]休假[15]盖[16]；恐彰[17]己吝，谁知阮裕[18]竟[19]焚车。

注释

❶**短褐**：古代平民穿的粗毛或粗麻织的衣服。

❷**华裾**：华美的衣裳。裾，衣服的前后襟，此处代指衣服。唐李贺《高轩过》："华裾织翠青如葱，金环压辔摇玲珑。马蹄隐耳声隆隆，入门下马气如虹。"

❸**六朝**：有南六朝（指吴、东晋和南朝的宋、齐、梁、陈，均建都于今南京）和北六朝（指曹魏、西晋和北朝的北魏、北齐、北周以及隋，均建都于北方）之分，今一般泛指三国至隋这段时期内南北两方的各个朝代。

❹**三国**：指魏、蜀、吴三个国家。

❺**天禄**：即天禄阁，西汉宫中藏书阁名。汉高祖时创建，在未央宫内。成帝、哀帝及王莽时，刘向、刘歆、扬雄等曾先后校书于此。《三辅黄图·未央宫》："天禄阁，藏典籍之所。《汉宫殿

疏》云：‘天禄、麒麟阁，萧何造，以藏秘书、处贤才也。’”

❻**石渠**：即石渠阁。西汉皇室藏书之处，在长安未央宫殿北。亦省作“石渠”“石阁”。见《三辅黄图·阁》：“石渠阁，萧何造。其下砻石为渠以导水，若今御沟，因为阁名。所藏入关所得秦之图籍。至于成帝，又于此藏秘书焉。”《汉书·刘向传》：“讲论五经于石渠。”唐李贺《酒罢张大彻索赠诗》：“金门石阁知卿有，豸角鸡香早晚含。”宋杨亿《受诏修书述怀感事》：“群彦挥铅笔，微生滥石渠。”

❼**千字策**：“策”指策论。宋代庆历之后殿试进士考试有策论，字数限为一千字，称为“千字策”。

❽**八行书**：指书信。旧时信笺每页八行，故称书信为“八行”。孟浩然《登万岁楼》：“今朝偶见同袍友，却喜家书寄八行。”

❾**有若**：孔子弟子，世称“有子”。

❿**相如**：人名，蔺相如或司马相如。

⓫**见**（xiàn）：表现、显示。

⓬**长**：长处、优点。

⓭**服**：叹服、心服。

⓮**宣尼**：孔子字仲尼，西汉平帝元始元年追谥孔子为“褒成宣尼公”，后因称孔子为“宣尼”。

⓯**假**：借。

⓰**盖**：车盖。

⓱**彰**：彰显。

⓲**阮裕**：东晋人，阮籍的族弟。

⓳**竟**：竟然。

扩展阅读

宣尼假盖：孔子准备出门，天要下雨了，学生们劝孔子向卜商

（字子夏，孔子学生）借车盖，孔子说："我听说，要长久地与别人交好，就要彰显他的长处而避开他的短处。卜商不富裕，我向他借车盖，他如果不肯的话，就使他吝啬的短处表现出来了，所以我不向他借。"见《孔子家语·致思》。

阮裕焚车：阮裕有一辆漂亮的车子，只要有人来借，他总是高兴地答应，从不吝啬。有个人想借车给母亲办丧事，因有所忌讳而不敢开口。阮裕听说了，感叹道："我有好车而使人不敢借，还要这车子干什么？"便烧掉了它。见《晋书·阮裕传》。

（三）

原文

麟[1]对凤[2]，鳖对鱼，内史[3]对中书[4]。

犁锄[5]对耒耜[6]，畎浍[7]对郊墟[8]。

犀角带[9]，象牙梳[10]，驷马[11]对安车[12]。

青衣能报赦[13]，黄耳解传书[14]。

庭畔有人持短剑[15]，门前无客曳长裾[16]。

波浪拍船，骇[17]舟人[18]之水宿[19]；峰峦绕舍，乐[20]隐者之山居[21]。

注释

❶**麟**：麒麟。古代神话传说中的神兽，雄的名“麒”，雌的名“麟”，合称“麒麟”。性情温和，不伤人畜，不践踏花草，故称为“仁兽”。麒麟形似马，状比鹿，尾似牛。麒有独角，麟无角，口能吐火，声音如雷。中国古代以麒麟为祥瑞，相传只在太平盛世或世有圣人时此兽才会出现。

❷**凤**：凤凰。传说中的一种瑞鸟，是“四灵”之一、百禽之王。“凤凰”和“麒麟”一样，是雌雄统称，雄为“凤”，雌为“凰”，其总称为“凤凰”。凤凰齐飞，是吉祥和谐的象征。它跟龙的形象一样，是多种动物特征的结合体，凤凰在古代记载中为鸿头、麟臀、蛇颈、鱼尾、龙纹、龟躯、燕颔、鸡嘴。

❸**内史**：古代官名，西周始置，协助天子管理爵禄废置等政务，春秋时沿置。秦时，内史掌管治理京师。至汉景帝分置左右内

史。汉武帝太初元年改右内史为京兆尹，左内史为左冯翊。西汉初年，诸侯王国置内史，掌民政。历代沿置，隋始废，隋文帝改中书省为内史省，置内史监、令各一员。隋炀帝改为内书省，唐高祖武德初复为内史省，三年改为中书省，后亦用以称中书省的官员。

❹**中书**：古代官名，“中书令”的简称。汉时设中书令，掌传宣诏令，以宦者为之，后多任用名望之士。隋唐以中书令、侍中、尚书令共议国政，俱为宰相，后因以“中书”称宰相。也可为“中书舍人”的省称。隋、唐时为中书省的属官。明、清废中书省，于内阁设中书舍人，掌撰拟、缮写之事。

❺**犁锄**：农具，犁和锄。

❻**耒耜**：古代一种像犁的翻土农具，也用作农具的统称。耜用于起土，耒是耜上的弯木柄。

❼**畎浍**：田间水沟。泛指溪流、沟渠。《尚书·益稷》：“予决九川距四海，浚畎浍距川。”《汉书·李寻传》：“今汝颍畎浍皆川水漂踊，与雨水并为民害。”三国魏阮籍《元父赋》：“畎浍不畅，垢浊实臻。”宋王禹偁《醴泉无源赋》：“任大禹之功深，宁归畎浍；纵张骞之力尽，曷识根源。”清顾炎武《常熟县耿侯橘水利书》：“畎浍遍中原，粒食诒百姓。”

❽**郊墟**：郊外，村野荒丘之间。唐韩愈《符读书城南》：“时秋积雨霁，新凉入郊墟。”明高明《琵琶记·风木余恨》：“伤心满目故人疏，看郊墟，尽荒芜。”清顾炎武《侨居神烈山下》：“典得山南半亩居，偶因行药到郊墟。”

❾**犀角带**：犀牛角装饰的革带。《大明诸司职掌》载，朝服之革带，二品用犀角，因此借指高官。

❿**象牙梳**：象牙制成的梳子。唐崔涯《嘲李端端》：“独把象牙梳插鬓，昆仑山上月初明。”

⓫**驷马**：拉一辆车的四匹马，也指显贵者所乘之马车。

⑫**安车**：古代一种通常用一匹马拉的、可以在车厢里坐乘的车子。上古乘车一般都是站立在车厢里，而安车则可以安坐，供年老的高级官员及贵妇人乘用。高官告老还乡或皇帝征召有重望的人，往往赐乘安车。安车多用一马，礼尊者则用四马。《周礼·春官·巾车》："安车，雕面鹥总，皆有容盖。"《汉书·张禹传》："为相六岁，鸿嘉元年，以老病乞骸骨，上加优再三乃听许。赐安车驷马，黄金百斤，罢就第。"晋皇甫谧《高士传·韩康》："桓帝时，乃备元𫄸安车以聘之。使者奉诏造康，康不得已，乃佯许诺，辞安车，自乘柴车冒晨先发。"宋司马光《致政王侍郎挽歌》："清朝解鸣玉，旧里挂安车。"明无名氏《运甓记·帅阃宾贤》："安车远聘，筐篚将诚，玉帛为媒。"清黄遵宪《和钟西耘庶常德祥津门感怀诗》："鸾声阁道碾安车，元老相从话踦间。"

⑬**青衣能报赦**：据说苻坚有一次独自在家中起草有关赦免的文告，这时有一只苍蝇飞进室内，赶走之后又飞回来。很快就有人知道将有赦免，苻坚问那些人从何得知，他们都说有一个穿青衣服的人在街上这样叫喊。原来是苍蝇飞出后化作一个穿青衣的人传呼大赦的喜讯。

⑭**黄耳解传书**：相传陆机养了一条叫作黄耳的狗，这只狗能给家里寄信。

⑮**庭畔有人持短剑**：战国时，荆轲受燕国太子丹所托出使秦国，假献地图的名义将匕首藏于地图中谋刺秦王，事败被杀。

⑯**曳长裾**：拖着长长的衣襟。指在权贵门下做食客。西汉初期，各诸侯王都招聘贤人治国，齐人邹阳投于吴王刘濞麾下。吴王因不满西汉中央政权的政策，图谋造反。邹阳上书劝阻，解释自己是因为仰慕吴王高义，才来投奔的。并说："我如果用尽我的才智，哪个诸侯王门前不能让我拖着长袍走来走去呢？"见《汉书·邹阳传》。

⑰**骇**：使……受到惊吓。

⑱**舟人**：船夫。《诗经·小雅·大东》："舟人之子，熊罴是裘。"晋木华《海赋》："于是舟人渔子，徂南极东。"

⑲**水宿**：指在舟中或水边过夜。南朝宋谢灵运《游赤石进帆海》："水宿淹晨暮，阴霞屡兴没。"南朝宋鲍照《登大雷岸与妹书》："栈石星饭，结荷水宿。"唐李白《送赵判官赴黔府中丞叔幕》："水宿五溪月，霜啼三峡猿。"

⑳**乐**：使……享受快乐。

㉑**山居**：居住于山中。《战国策·韩策一》："韩地险恶，山居，五谷所生，非麦而豆；民之所食，大抵豆饭藿羹。"

七虞

(一)

原文

金对玉，宝对珠，玉兔❶对金乌❷。

孤舟❸对短棹❹，一雁对双凫❺。

横醉眼❻，捻吟须❼，李白对杨朱❽。

秋霜多过雁❾，夜月有啼乌❿。

日暖园林花易赏，雪寒村舍酒难沽。

人处岭南⓫，善探巨象口中齿⓬；客居江左⓭，偶夺骊龙颔下珠⓮。

注释

❶ **玉兔**：传说月中有一只捣药的白兔，故以“玉兔”代指月亮。唐韩琮《春愁》：“金乌长飞玉兔走，青鬓长青古无有。”《初刻拍案惊奇》：“那卜良听得头颠尾颠，恨不得金乌早坠，玉兔飞升。”

❷ **金乌**：传说日中有一只三足乌，故以“金乌”代指太阳。《淮南子》：“日中有踆乌。”汉刘桢《清虑赋》：“玉树翠叶，上栖金乌。”唐李涉《寄河阳从事杨潜》：“金乌欲上海如血，翠色一点

蓬莱光。”元武汉臣《冯玉兰》：“看东溟渐升玉兔，早西山坠尽金乌。”清王端履《重论文斋笔录·绝句》：“烛影摇红人未散，金乌腾彩已三竿。”

❸**孤舟**：孤零零的一条船。晋陶渊明《始作镇军参军经曲阿作》：“眇眇孤舟逝，绵绵归思纡。”宋陆游《戏题江心寺僧房壁》：“史君千骑驻霜天，主簿孤舟冷不眠。”明高启《出郭舟行避雨树下》：“一片春云雨满川，渔蓑欲借苦无缘。多情水庙门前柳，遮我孤舟半日眠。”

❹**短棹**：本指桨之类的划船工具，也可代指船或划船。五代阎选《定风波》：“扁舟短棹归兰浦，人去，萧萧竹径透青莎。”宋朱敦儒《好事近》：“短棹钓船轻，江上晚烟笼碧。”元张宪《赋松江渔者》：“短棹轻舟白发翁，往来常在泖西东。”清侯方域《与阮光禄书》：“仆今已遭乱无家，扁舟短棹，措此身甚易。”

❺**凫**：野鸭之类的水鸟。汉扬雄《解嘲》：“譬若江湖之崖，渤澥之岛，乘雁集不为之多，双凫飞不为之少。”宋黄庭坚《次韵清水岩》：“双凫能来游，俗子迹可扫。”元虞集《苏武慢》：“乘雁双凫，断芦漂苇，身在画图秋晚。”

❻**横醉眼**：化用黄庭坚《登快阁》：“朱弦已为佳人绝，青眼聊因美酒横。”

❼**捻吟须**：化用唐卢延让《苦吟》：“吟安一个字，捻断数茎须。”

❽**李白对杨朱**：李白，唐朝著名诗人，世称“诗仙”。杨朱，战国时期魏国哲学家，主张“贵己”“为我”，孟子称其“拔一毛而利天下不为也”，“杨朱学派”是战国诸子中影响极大的学派。杨朱与李白相对，既是人名相对，又是一种借对，“杨”对“李”是植物相对，“朱”对“白”是颜色相对。

❾**秋霜多过雁**：霜降时节有大雁飞过。北方有白雁，秋深则来，来则霜降，被称作“霜信”。见宋沈括《梦溪笔谈》。

❿**夜月有啼乌**：月夜听见乌鸦啼叫。唐张继《枫桥夜泊》：“月落

乌啼霜满天，江枫渔火对愁眠。”

⑪**岭南**：指五岭之南的地区，相当于现在广东、广西、海南全境，以及湖南、江西等省的部分地区。

⑫**巨象口中齿**：据三国时期吴国丹阳太守万震所著《南州异物志》：“象脱牙犹自爱惜，掘地藏之，人欲取，必作假牙代之，不令其见，见则后不藏故处。”

⑬**江左**：即江东。古人在地理上以东为左，以西为右。江东主要指今天江苏、安徽、浙江等地。清魏禧《日录杂说》：“江东称江左，江西称江右，何也？曰：自江北视之，江东在左，江西在右耳。”

⑭**骊龙颔下珠**：“骊龙”就是黑龙，传说其颔下有宝珠，须等其睡着之后方能取得。《庄子·列御寇》：“河上有家贫恃纬萧而食者，其子没于渊，得千金之珠。其父谓其子曰：‘取石来锻之，夫千金之珠必在九重之渊而骊龙颔下，子能得珠者，必遭其睡也，使骊龙而寤，子尚奚微之有哉？’”

扩展阅读

双凫一雁：“双凫俱北飞，一雁独南翔。子当留斯馆，我当归故乡。一别如秦胡，会见何讵央。怆恨切中怀，不觉泪沾裳。愿子长努力，言笑莫相忘。”这是传说中苏武出使匈奴被羁，归国时留别李陵之句。后以“双凫一雁”为感伤离别之词。唐白居易《与元九书》：“故兴离别，则引双凫一雁为喻；讽君子小人，则引香草恶鸟为比。”

（二）

原文

贤对圣，智对愚，傅粉❶对施朱❷。

名缰❸对利锁❹，挈榼❺对提壶。

鸠哺子❻，燕调雏❼，石帐❽对郇厨❾。

烟轻笼岸柳，风急撼庭梧。

鸜眼❿一方⓫端石砚⓬，龙涎⓭三炷博山炉⓮。

曲沼⓯鱼多，可使渔人结网⓰；平田兔少，漫劳耕者守株⓱。

注释

❶**傅粉**：搽粉。《汉书·广川王刘越传》："前画工画望卿舍，望卿袒裼傅粉其傍。"南朝梁萧纲《独处愁》："弹棋镜奁上，傅粉高楼中。"明孙梅锡《琴心记·勉拨房资》："你看我男子烧汤女傅粉，嗏，临邛市上不折本。"清李渔《闲情偶寄·声容》："从来傅粉之面，止耐远观，难于近视。"

❷**施朱**：涂以红色。施，加上、抹上。朱，红色的化妆品，如胭脂、口红之类。战国宋玉《登徒子好色赋》："臣里之美者，莫若臣东家之子……着粉则太白，施朱则太赤。"宋苏轼《红梅》："雪里开花却是迟，何如独占上春时。也知造物含深意，故与施朱发妙姿。"

❸**名缰**：功名的缰绳。名，名声、名誉。因名声太大实际上是对人的一种束缚，故称"名缰"。汉东方朔《与友人书》："不可使尘网名缰拘锁，怡然长笑，脱去十洲三岛，相期拾瑶草，吞

日月之光华，共轻举耳。”《白雪遗音·八角鼓·游学》：“游学访道，快乐逍遥，名利二字尽皆抛。一心要，争断名缰把利锁逃。”

❹ **利锁**：名利的锁链。利，利益。过分地追求利益实际上是对人的一种限制，故称“利锁”。

❺ **挈榼**（qièkē）：提着酒器。挈，提。榼，盛酒或贮水的一种器具。

❻ **鸠哺子**：斑鸠喂小鸟。鸠，鸟名，斑鸠、布谷之类的鸟在古代统称为“鸠”。见《埤雅》：“其哺子，朝自上而下，暮自下而上者，均也。”鸠喂小鸟时，第一轮从体形大的喂到体形小的，第二轮则一定从体形小的喂到体形大的，以保证食物的平均分配。

❼ **燕调雏**：燕子训练幼鸟学飞。雏，幼鸟，此处指小燕子。据说小燕子学飞时，母燕一定会在旁边调教。宋吴文英《点绛唇》：“雨帘不卷，空碍调雏燕。”

❽ **石帐**：石崇的锦帐。石崇为晋代豪富，他曾在河阳（今河南孟州）建金谷园，极其奢华，锦丝步帐有五十里之长。见《晋书·石崇传》。后以“石帐”代表豪富的装饰。帐，帷帐、帷幕。

❾ **郇**（xún）**厨**：唐朝的韦陟袭封为郇国公，生活特别奢靡，厨房中饮食错杂，常常有人进入其中饱食而归。时人号之为“郇公厨”，后人便以“郇厨”作为饮食精美奢华的代称。见后唐冯贽《云仙杂记》：“韦陟厨中，饮食之香错杂。人入其中，多饱饫而归。语曰：‘人欲不饭筋骨舒，夤缘须入郇公厨。’”

❿ **鸜**（qú）**眼**：端砚上圆形的斑点，形如八哥（鸲鹆）的眼睛。有“鸲眼”的端砚比较珍贵。鸜，同“鸲”。

⓫ **方**：量词，用于表示印、砚台等。

⓬ **端石砚**：即“端砚”，端州出产的珍贵砚台。端州在今广东肇

庆，是古代石砚的主要产地之一。

⑬**龙涎**：即龙涎香，是一种珍贵的香料，为抹香鲸的分泌物。古代传说中认为是龙的唾液，故称“龙涎”。

⑭**博山炉**：一种香炉，其表面雕刻成群山重叠的形状，极为精致。唐李白《杨叛儿》：“博山炉中沉香火，双烟一气凌紫霞。”

⑮**曲沼**：曲折迂回的池塘。北魏杨衒之《洛阳伽蓝记·冲觉寺》：“斜峰入牖，曲沼环堂，树响飞嘤。”宋叶绍翁《四朝闻见录·阅古南园》：“危峰稳石，浅湾曲沼。”

⑯**结网**：织网。《汉书·扬雄传》：“雄以为临川羡鱼，不如归而结网。”唐陈陶《闲居杂兴》：“中原莫道无麟凤，自是皇家结网疏。”宋黄庭坚《演雅》：“桑蚕作茧自缠裹，蛛蝥结网工遮逻。”

⑰**漫劳耕者守株**：有农夫见到一只兔子奔跑时撞树而死，便放下农具守在树下，等待再拾到死兔，即寓言故事“守株待兔”。漫，相当于“莫”。《韩非子·五蠹》：“宋人有耕田者。田中有株，兔走触株，折颈而死。因释其耒而守株，冀复得兔。兔不可复得，而身为宋国笑。”

（三）

原文

秦对赵[1]，越对吴[2]，钓客[3]对耕夫[4]。

箕裘[5]对杖履[6]，杞梓[7]对桑榆[8]。

天欲晓，日将晡[9]，狡兔对妖狐。

读书甘[10]刺股[11]，煮粥惜焚须[12]。

韩信[13]武能平四海，左思[14]文足赋三都。

嘉遁[15]幽人[16]，适志竹篱茅舍；胜游[17]公子，玩情柳陌花衢[18]。

注释

❶ **秦对赵**："秦""赵"皆为古国名。《史记·赵世家》："赵氏之先，与秦共祖。至中衍，为帝大戊御。其后世蜚廉有子二人，而命其一子曰恶来，事纣，为周所杀，其后为秦。恶来弟曰季胜，其后为赵。"秦赵本是一家，属于同一氏族，战国时期称氏而不称姓，所以秦王嬴政也称为"赵政"。

❷ **越对吴**：越，古国名，国都为会稽（今浙江绍兴）。春秋末期，吴国打败越国，越王勾践卧薪尝胆，图谋雪耻，最终灭吴称霸。古代以"吴"为国号的国家很多，此处指春秋时期的吴国，统治着淮河以南至太湖以东的大片地区，传至夫差，为越王勾践所灭。

❸ **钓客**：垂钓的人。唐薛能《边城寓题》："蚕市归农醉，渔舟钓客醒。"

❹ **耕夫**：农夫。南朝梁何逊《七召·治化》："樵者目金而知耻，

耕夫让畔以成仁。”唐张继《阊门即事》:“耕夫召募逐楼船，春草青青万顷田。”明刘基《郁离子·蠓蠛》:“耕夫牧子，莫不荷戈以拒秦。”

❺**箕裘**：箕，簸箕，用柳条编织而成。裘，皮袍。《礼记·学记》:“良冶之子，必学为裘；良弓之子，必学为箕。”是说冶金世家的子弟见到父亲让金属变得柔软以修补破损的器皿，自己就能学着用兽皮缝补衣袍；制弓世家的子弟，看到父亲用牛角、树枝做弓，自己也能用柳条编成簸箕。意谓子弟由于耳濡目染，往往继承父兄之业。后以“箕裘”比喻祖上的事业。

❻**杖履**：古代之礼仪，五十岁的老人得扶杖，且古人入室必脱鞋于屋外，而长者可入室而后脱鞋，因此后来以“杖履”为敬老之词。唐李商隐《赠华阳宋真人兼寄清都刘先生》:“不因杖履逢周史，徐甲何曾有此身?”

❼**杞梓**：杞和梓是两种优质木材，用以比喻优秀人才。《南史·庾域传》:“荆南杞梓，其在斯乎。”南朝江淹《杂体诗》:“自顾非杞梓，勉力在无逸。”

❽**桑榆**：两种树木，比喻日暮或晚年。三国魏曹植《赠白马王彪》:“年在桑榆间，影响不能追。”宋范成大《次韵郑校书参议留别》:“后会吾衰矣，桑榆一茧丝。”清沈起凤《谐铎·虎痴》:“况我年近桑榆，家无兰玉。”

❾**日将晡**：指天色将晚。古代以十二地支来记录一天的时辰，“晡”指申时，即下午三时至五时，有时也泛指晚间。《明史·丁汝夔传》:“至日晡，帝始御奉天殿，不发一词。”

❿**甘**：味道好，认为……味道好。

⓫**刺股**：股，大腿。苏秦起初用连横（六国共同侍奉秦国）的外交策略游说秦王，未能成功。他归家后发奋学习，想打瞌睡时就用锥子刺自己的大腿，最终学有所成，劝说东方六国君主实行合纵（六国联合对付秦国）的策略，同时担任六国之相。出

自《战国策·秦策一》:“乃夜发书，陈箧数十，得太公《阴符》之谋，伏而诵之，简练以为揣摩。读书欲睡，引锥自刺其股，血流至足。”

⑫**煮粥惜焚须**：唐朝开国功臣英国公李勣天性友爱，他姐姐病了，李勣亲自为姐姐熬粥，不觉被火烧掉了胡须。姐姐劝他不必如此，他说：“姐姐您多病，而我又年老了，即使我想多给您熬几次粥，又还能熬几次呢?”见《新唐书·李勣传》。

⑬**韩信**：汉初大将，通兵法，助汉高祖刘邦平四海、定天下，封楚王，后被贬为淮阴侯，最后被人诬告谋反，为吕后所杀。

⑭**左思**：西晋人，博学能文，以十年时间写成《三都赋》，洛阳豪贵争相传抄，洛阳因之而纸价飞涨，“洛阳纸贵”由此而来。

⑮**嘉遁**：指合乎正道的退隐、合乎时宜的隐遁。《易·遁》:“嘉遁贞吉，以正志也。”《三国志·魏志·管宁传》:“在乾之姤，匿景藏光，嘉遁养浩，韬韫儒墨，潜化傍流，畅于殊俗。”宋范仲淹《祭吕相公文》:“辞去台衡，命登公衮，以养高年，如处嘉遁。”明许潮《武陵春》:“盖世有肥遁，有嘉遁，有吏遁，若吾辈又所谓玄遁者也。”

⑯**幽人**：幽隐之人，隐士。《易·履》:“履道坦坦，幽人贞吉。”《后汉书·逸民传序》:“光武侧席幽人，求之若不及。”宋苏轼《定惠院寓居月夜偶出》:“幽人无事不出门，偶逐东风转良夜。”清顾炎武《与胡处士庭访北齐碑》:“策杖向郊垧，幽人在岩户。”

⑰**胜游**：令人快意的游览。唐刘禹锡《奉和裴侍中将赴汉南留别座上诸公》:“管弦席上留高韵，山水途中入胜游。”金元好问《探花词》:“美酒清歌结胜游，红衣先为渚莲愁。”明杨慎《自香松堡至金龙哨》:“云隈月渚两风流，并马探春亦胜游。”

⑱**衢**：四通八达的大街。

八齐

（一）

原文

岩[1]对岫[2]，涧[3]对溪，远岸[4]对危堤[5]。

鹤长对凫短[6]，水雁对山鸡。

星拱北[7]，月流西[8]，汉露[9]对汤霓[10]。

桃林牛已放[11]，虞坂马长斯[12]。

叔侄去官闻广受[13]，弟兄让国有夷齐[14]。

三月[15]春浓，芍药[16]丛中蝴蝶舞；五更天晓，海棠[17]枝上子规[18]啼。

注释

❶**岩**：指高耸的山崖。

❷**岫**：指山洞，也可指峰峦或山谷。晋陶渊明《归去来兮辞》："云无心以出岫，鸟倦飞而知还。"

❸**涧**：山间流水的沟。

❹**远岸**：遥远的岸边，亦可称"广岸"。岸，指水边的陆地。南朝宋鲍照《岐阳守风》："广岸屯宿阴，悬崖栖归月。"唐杜甫《暮寒》："雾隐平郊树，风含广岸波。"

❺**危堤**：高堤。

❻**鹤长对凫短**：鹤长，鹤腿很长。凫短，野鸭腿很短。《庄子·骈拇》："凫胫虽短，续之则忧；鹤胫虽长，断之则悲。"

❼**星拱北**：群星都环绕着北斗星。拱，拱卫，环绕。《论语·为政》："为政以德，譬如北辰，居其所，而众星共（拱）之。"后因以喻拱卫君王或四裔归附。唐元稹《两省供奉官谏驾幸温汤状》："陛下若骑从轻驰，则道途无拱辰之备。"

❽**月流西**：月亮东升西落，故称之。流，向下运动。唐张若虚《春江花月夜》："江水流春去欲尽，江潭落月复西斜。"

❾**汉露**：汉武帝迷信神仙之说，在宫内修建承露盘以承接天上降下来的甘露，用它来调玉屑，希望喝了能够长生不老。

❿**汤霓**：夏桀王十分暴虐，天下的百姓都盼望商汤来解救自己，就像大旱的时候盼望云霓一样。霓，云霓。下雨的征象。

⓫**桃林牛已放**：武王克商后，将战马放归华山的南边，将运输辎重的牛放归桃林之野，表示不再用它们打仗，以示天下太平。《尚书·周书·武成》："乃偃武修文，归马于华山之阳，放牛于桃林之野，示天下弗服。"

⓬**虞坂马长嘶**："虞坂"是太行山脉的古道，开凿于春秋之前，在战国时是运盐的重要道路。据《战国策》，伯乐在这里遇到一匹年迈的千里马，它正费力地拖着盐车上山，但已经筋疲力尽。伯乐很伤心，下车抱着它哭泣，还脱下衣服盖在它身上。千里马遇见伯乐这个知己，重新迸发出力量，仰天长嘶。

⓭**叔侄去官闻广受**：汉代的疏广和其侄疏受都在朝廷任职，一为太子太傅，一为少傅，官高位尊。疏广对疏受说："知道满足就能不受侮辱，知道适可而止就能避免危险，功成身退是最符合自然规律的。"于是叔侄俩同时辞官归乡。古人将他们看成明哲保身的典范。

⓮**弟兄让国有夷齐**："夷齐"指伯夷和叔齐，是商代孤竹君的两个儿子。相传孤竹君临死遗命将君位传给小儿子叔齐，孤竹君死

后，叔齐要将君位让给哥哥伯夷。伯夷不接受，叔齐也不愿即位为君，于是一起逃到周地隐居，古人将他们看成道德高尚的典范。

⑮**三月**：除了表示农历三月之外，还可以表示春季的三个月，农历正月称“孟春”，二月称“仲春”，三月称“季春”。

⑯**芍药**：又名“将离”“离草”“没骨花”，有“花中宰相”的美誉，颜色呈白、粉、红、紫色，花大且美，有芳香。

⑰**海棠**：花姿潇洒，花开似锦，自古以来是雅俗共赏的名花，素有“花中神仙”“花贵妃”之称，栽在皇家园林中常与玉兰、牡丹（或芙蓉）、桂花相配植，形成“玉棠富贵”的意境。历代文人多有脍炙人口的诗句赞赏海棠，陆游诗云：“虽艳无俗姿，太皇真富贵。”形容海棠艳美高雅。陆游另一句诗：“猩红鹦绿极天巧，叠萼重跗眩朝日。”形容海棠花鲜艳繁茂与朝日争辉的形象。

⑱**子规**：布谷鸟的别称，也称“杜鹃”“杜宇”“催归”。春末夏初，鸣声“布谷布谷”，似“不如归去”，令人惆怅忧伤。

（二）

原文

云对雨，水对泥，白璧[1]对玄[2]圭[3]。
献瓜[4]对投李[5]，禁鼓[6]对征鼙[7]。
徐稚榻[8]，鲁班梯[9]，凤翥[10]对鸾[11]栖[12]。
有官清似水[13]，无客醉如泥[14]。
截发惟闻陶侃[15]母，断机只有乐羊[16]妻。
秋望佳人，目送楼头千里雁；早行远客，梦惊枕上五更鸡。

注释

❶**璧**：一种扁平的、中间有孔的圆形玉器。
❷**玄**：黑中带红的颜色。
❸**圭**：古代帝王或诸侯在举行典礼时拿的一种玉器，上圆（或剑头形）下方。
❹**献瓜**：《韵府群玉》："唐德宗时，有献瓜果欲授官者。"
❺**投李**：语见《诗经·卫风·木瓜》："投我以木李，报之以琼玖。匪报也，永以为好也！"
❻**禁鼓**：古代禁止夜行，到禁行的时间便击鼓以表示宵禁的开始，这种鼓便称"禁鼓"。
❼**征鼙**：出征时敲击的战鼓。鼙，军队用的小鼓。
❽**徐稚榻**：徐稚是东汉高士，品行高尚，多次谢绝朝廷的征聘，隐居自耕为生。豫章太守陈蕃在郡不延接宾客，但对徐稚却极为敬重，唯徐稚来时特设一榻，徐稚一离开，陈蕃便将此榻悬

挂起来。榻，一种狭长而矮的家具，可供坐卧。语见《后汉书·徐稺传》："徐稺，字孺子，豫章南昌人也。家贫，常自耕稼，非其力不食。恭俭义让，所居服其德。屡辟公府，不起。时陈蕃为太守，以礼请署功曹，稺不免之，既谒而退。蕃在郡不接宾客，惟稺来特设一榻，去则县之。"

❾ **鲁班梯**：《墨子·公输盘》："公输盘为楚造云梯之械，成，将以攻宋。"鲁班就是公输盘，是鲁国能工巧匠，曾为楚国制造云梯以攻宋。

❿ **翥**：高飞。

⓫ **鸾**：传说中凤凰一类的鸟。

⓬ **栖**：禽鸟歇宿为栖。

⓭ **有官清似水**：汉哀帝时，郑崇为尚书仆射，曾多次向哀帝进谏。哀帝"欲封祖母傅太后从弟"，郑崇劝阻，因而得罪傅太后和哀帝。哀帝责问郑崇说："你门前来求见你的人多得像市场上的人一样，你凭什么想要阻止我封赏外戚呢？"郑崇回答说："我的门口人多得像市场，我的心却毫无偏私，像水一样洁净。"见《汉书·郑崇传》。

⓮ **无客醉如泥**：据南朝宋刘义庆《世说新语·任诞》："山季伦（山简，字季伦）为荆州，时出酣畅。人为之歌曰：'山公时一醉，径造高阳池。日莫倒载归，酩酊无所知，复能乘骏马，倒着白接篱……'"李白《襄阳歌》中"襄阳小儿齐拍手，拦街争唱《白铜鞮》。旁人借问笑何事？笑杀山公醉似泥"几句，用了"山公醉酒"的典故，说山简嗜酒，饮辄醉，醉后常倒戴头巾骑在马上，醉态可掬。

⓯ **陶侃**：东晋名将，陶渊明曾祖父，其母与孟母、欧母、岳母齐名，一同被尊称为"四大贤母"。

⓰ **乐羊**：乐羊子，东汉人。

扩展阅读

截发易肴：陶侃的母亲湛氏，是中国古代一位有名的良母，以教子有方和宽厚待人称道于世。陶母抚育陶侃，生活十分清苦。某日，陶侃的好友范逵等数人借宿陶家，可是家中没有钱米招待客人，陶侃手足无措，范逵也显得尴尬。湛氏连忙热情招呼客人，要陶侃和客人聊天叙旧，然后，她趁客人闲坐寒暄之际，偷偷将长发剪下卖掉，换回了米油酒菜，范逵等人深为感动。

乐妻断机：东汉乐羊子出门求学，一年后因思家辍学而归，其妻便以织布为喻，说所织之布一旦剪断，就前功尽弃，再也不能恢复。乐羊子被感动，又出门学习，七年未归，终成学业。见《后汉书·列女传》。

（三）

原文

熊对虎，象对犀，霹雳[1]对虹霓。

杜鹃对孔雀，桂岭[2]对梅溪[3]。

萧史[4]凤，宋宗鸡[5]，远近对高低。

水寒鱼不跃，林茂鸟频栖。

杨柳和烟彭泽县[6]，桃花流水武陵溪[7]。

公子追欢[8]，闲骤[9]玉骢[10]游绮陌[11]；佳人倦绣，闷欹珊枕[12]掩香闺[13]。

注释

❶**霹雳**：又急又响的雷。唐李白《梦游天姥吟留别》："列缺霹雳，丘峦崩摧。"

❷**桂岭**：栽种桂树的山岭。

❸**梅溪**：旁植梅树的溪水。宋范成大《天平先陇道中时将赴新安掾》："霜桥冰涧净无尘，竹坞梅溪未放春。"

❹**萧史**：传说中春秋时的人物，"乘龙快婿"故事中的主人公，娶秦穆公的女儿弄玉为妻。弄玉和萧史夫妻二人善于吹箫，能吹出凤鸣之声，有一天在凤台上吹箫，引来了凤凰，便一起升天成仙而去。

❺**宋宗鸡**：宋处宗有一只长鸣鸡，养在窗间，能和人交谈，见解十分玄妙。宋处宗经常和它讨论各种问题，因而学业大进。事见南朝宋刘义庆《幽明录》："晋兖州刺史沛国宋处宗，尝买得

一长鸣鸡，爱养甚至，恒笼着窗间。鸡遂作人语，与处宗谈论，极有言智，终日不辍，处宗因此言巧大进。”后遂用“鸡窗”为书斋的代称。

❻**彭泽县**：地名。在今江西。晋人陶潜（陶渊明）曾任此县县令，后来辞官而去。陶渊明《五柳先生传》：“先生不知何许人也，亦不详其姓字，宅边有五柳树，因以为号焉。”一般认为这是陶渊明在辞官之后写的“自传”。

❼**桃花流水武陵溪**：陶渊明《桃花源记》：“晋太元中，武陵人捕鱼为业。缘溪行，忘路之远近。忽逢桃花林，夹岸数百步，中无杂树，芳草鲜美，落英缤纷。”

❽**追欢**：追寻欢乐。唐谷神子《博异志·许汉阳》：“客中止一宵，亦有少酒，愿追欢。”宋欧阳修《定风波》：“对酒追欢莫负春，春光归去可饶人。”宋杨万里《中秋病中不饮》：“病来不饮非无酒，老去追欢总是愁。”

❾**骤**：使……奔驰。

❿**玉骢**：即玉花骢，泛指骏马。唐韩翃《少年行》：“千点斓斒喷玉骢，青丝结尾绣缠骏。”元王实甫《西厢记》：“柳丝长玉骢难系，恨不倩疏林挂住斜晖。”清赵翼《香山夜归即事》：“玉骢亦解人良会，故踏花阴缓缓归。”

⓫**绮陌**：繁华的街道，或风景美丽的郊野道路。南朝梁萧纲《登烽火楼》：“万邑王畿旷，三条绮陌平。”唐刘沧《及第后宴曲江》：“归时不省花间醉，绮陌香车似水流。”宋柳永《诉衷情近》：“闲情悄，绮陌游人渐少。”清纳兰性德《念奴娇》：“尽日缁尘吹绮陌，迷却梦游归路。”

⓬**珊枕**：用珊瑚做的枕头。

⓭**香闺**：指青年女子的内室。闺，指内室的小门。唐陶翰《柳陌听早莺》：“乍使香闺静，偏伤远客情。”五代前蜀韦庄《赠姬人》：“请看京与洛，谁在旧香闺。”宋柳永《临江仙引》：“香闺

别无信息，云愁雨恨难忘。”清李渔《风筝误·闺哄》:“小生蒙詹家二小姐多情眷恋，约我一更之后，潜入香闺。”

九佳

（一）

原文

河对海，汉[1]对淮[2]，赤岸[3]对朱崖[4]。
鹭飞对鱼跃，宝钿[5]对金钗。
鱼圉圉[6]，鸟喈喈[7]，草履对芒鞋[8]。
古贤尝笃厚[9]，时辈喜诙谐[10]。
孟训文公谈性善[11]，颜师孔子问心斋[12]。
缓抚琴弦，像流莺[13]而并语；斜排筝柱[14]，类过雁之相挨。

注释

❶**汉**：汉江。古称“汉水”，发源于陕西，流经湖北，在武汉注入长江。

❷**淮**：淮河。发源于河南桐柏山，流经安徽、江苏，入洪泽湖。

❸**赤岸**：泛指土石呈赤色的崖岸。汉东方朔《七谏·哀命》：“哀高丘之赤岸兮，遂没身而不反。”

❹**朱崖**：红色山崖。唐陆龟蒙《秋热》：“午气朱崖近，宵声白羽随。”明何景明《姜子岭至三垈》：“朱崖秀夏木，石壁映寒潭。”

❺**宝钿**：用宝石制成的首饰。唐张柬之《东飞伯劳歌》：“谁家绝世绮帐前，艳粉红脂映宝钿。”唐戎昱《送零陵妓》：“宝钿香娥翡翠裙，装成掩泣欲行云。”

❻**圉圉**（yǔ yǔ）：困而不舒的样子。《孟子·万章上》："昔者有馈生鱼于郑子产，子产使校人畜之池。校人烹之，反，命曰：'始舍之，圉圉焉；少则洋洋焉，攸然而逝。'"

❼**喈喈**：象声词，鸟叫声。《诗经·周南·葛覃》："黄鸟于飞，集于灌木，其鸣喈喈。"《诗经·小雅·出车》："仓庚喈喈。"

❽**芒鞋**：一种草鞋，以芒草编成。唐张祜《题灵隐寺师一上人十韵》："朗吟挥竹拂，高揖曳芒鞋。"宋苏轼《定风波》："竹杖芒鞋轻胜马，谁怕，一蓑烟雨任平生。"

❾**笃厚**：老实忠厚。

❿**诙谐**：谈话富于风趣。《汉书·东方朔传》："其言专商鞅、韩非之语也，指意放荡，颇复诙谐。"

⓫**孟训文公谈性善**：滕文公做太子的时候，有一次路过宋国到楚国去，遇见了孟子，孟子以尧舜为榜样与之谈论了性善的问题。见《孟子·滕文公上》。

⓬**颜师孔子问心斋**：颜，指孔子弟子颜回。心斋，排除一切思虑和欲望，保持心境清净。《庄子·人间世》："回曰：'敢问心斋。'仲尼曰：'若一志。无听之以耳而听之以心，无听之以心而听之以气。听止于耳，心止于符。气也者，虚而待物者也。唯道集虚。虚者，心斋也。'"

⓭**流莺**：即黄莺。流，鸣声婉转。南朝梁沈约《八咏诗·会圃临东风》："舞春雪，杂流莺。"宋晏殊《酒泉子》："流莺粉蝶斗翻飞，恋香枝。"明谢谠《四喜记·冰壶重会》："流莺百啭度高枝，不觉添诗思。"清龚自珍《高阳台》："问春人，知否园亭，啼遍流莺。"

⓮**筝柱**：筝上的弦柱，每弦一柱，可移动以调定声音。唐钱起《送崔十三东游》："千里有同心，十年一会面。当杯缓筝柱，倏忽催离宴。"

（二）

原文

丰对俭，等对差，布袄对荆钗[1]。
雁行[2]对鱼阵[3]，榆塞[4]对兰崖。
挑荠[5]女，采莲娃[6]，菊径[7]对苔阶[8]。
诗成六义[9]备，乐奏八音[10]谐。
造律吏[11]哀秦法酷，知音人说郑声[12]哇[13]。
天欲飞霜，塞上有鸿行已过；云将作雨，庭前多蚁阵先排。

注释

❶**荆钗**：荆枝制作的髻钗。古代贫家妇女常用。唐李山甫《贫女》："平生不识绣衣裳，闲把荆钗亦自伤。"明潘绂《老女吟》："无端忽听邻家语，笑整荆钗独闭门。"

❷**雁行**：飞雁的行列，或引申为有次序的排列，借指兄弟。《诗经·郑风·大叔于田》："叔于田，乘乘黄。两服上襄，两骖雁行。"《晋书·王羲之传》："我书比钟繇，当抗行；比张芝草，犹当雁行也。"

❸**鱼阵**：大规模的鱼群。又指阵法，"鱼丽之阵"的简称。《左传·桓公五年》："曼伯为右拒，祭仲足为左拒，原繁、高渠弥以中军奉公，为鱼丽之阵。先偏后伍，伍承弥缝，战于繻葛。"杜预注："《司马法》：'车战二十五乘为偏。'以车居前，以伍次之，承偏之隙而弥缝阙漏也。五人为伍，此盖鱼丽阵法。"这样的编队如鱼群，故名"鱼丽之阵"。

❹**榆塞**：又名“榆关”。古时于边境种植榆树以为要塞，因而也可作边塞的通称。《汉书·韩安国传》：“累石为城，树榆为塞，匈奴不敢饮马于河。”唐骆宾王《送郑少府入辽共赋侠客远从戎》：“边烽警榆塞，侠客度桑干。”

❺**荠**：一种野菜，古人多在春天采摘食用，味道甘美。

❻**娃**：美女。扬雄《方言》：“娃，美也。吴楚衡淮之间曰娃。吴有馆娃之宫。”

❼**菊径**：两旁植菊的小路。

❽**苔阶**：生有苔藓的石阶。南朝梁萧纲《伤美人》：“翠带留余结，苔阶没故基。”唐李绅《过梅里·上家山》：“苔阶泉溜缺，石甃青莎密。”清黄景仁《石鳌坞洞天福地遗址》：“羽衣散尽香火绝，时有丐者僵苔阶。”

❾**六义**：据《诗大序》，风、雅、颂、赋、比、兴为“《诗经》六义”。前三种为诗歌的体裁，即国风（各国的民间歌谣）、大雅和小雅（周王朝王都的歌）、颂（庙堂祭祀用的乐歌）；后三种为诗歌表现的艺术手法，即铺叙其事、借物比喻、借他物以起兴。

❿**八音**：古代的八种乐器，即金、石、丝、竹、匏、土、革、木。

⓫**造律吏**：制定律法的官员。此处指萧何。汉高祖入咸阳，感叹秦朝法律太严酷，就“约法三章”，后来萧何制定的汉律九章，删除了秦法苛繁、严酷的部分，使法令更为简明。

⓬**郑声**：春秋时期郑地的俗乐、歌谣。《论语·卫灵公》：“放郑声，远佞人。郑声淫，佞人殆。”儒家认为郑国的歌谣追求享乐太过分，扰乱了正统的音乐，要除去这不正道的歌谣。

⓭**哇**：形容声音靡曼。

（三）

原文

城对市，巷对街，破屋对空阶。

桃枝对桂叶，砌[1]蚓对墙蜗[2]。

梅可望，橘堪怀，季路[3]对高柴[4]。

花藏沽酒市，竹映读书斋。

马首不容孤竹[5]扣，车轮终就洛阳埋。

朝宰锦衣，贵束乌犀之带[6]；宫人宝髻，宜簪白燕之钗[7]。

注释

❶**砌**：台阶。

❷**蜗**：蜗牛。

❸**季路**：仲由，字子路，亦字季路，孔子弟子。

❹**高柴**：字子羔，孔子弟子。

❺**孤竹**：孤竹国是商代北方诸侯国，此处指孤竹君的两个儿子伯夷、叔齐。

❻**乌犀之带**：上有黑犀牛角做装饰的腰带。

❼**白燕之钗**：传说汉时修建招灵阁，有神女献了一支上面镶有燕子的发钗，汉成帝把它赏给了婕妤赵飞燕。后来昭帝时有宫人不小心将钗打碎，这支钗便化为白燕飞去。唐刘言史《赠成炼师》："当时白燕无寻处，今日云鬟见玉钗。"唐李商隐《圣女祠》："寄问钗头双白燕，每朝珠馆几时归。"

扩展阅读

望梅止渴：曹操带部队行军，途中缺水，士兵口渴走不动了。曹操就说："前边有一片梅树林，结了很多梅子，又甜又酸可以解渴。"士兵听说以后，口里都流出了口水，因而坚持着走出了缺水的地区。见《世说新语·假谲》。

陆绩怀橘：陆绩六岁到九江拜见袁术，看见座间有橘，便偷偷藏了三个在怀中。告辞下拜时，橘子滚出来掉在地上，袁术问他原因，陆绩说："我想带回去给母亲吃。"后来"怀橘"便成了孝敬父母亲的典故。见《三国志·吴书·陆绩传》。

不食周粟：孤竹君的两个儿子伯夷、叔齐隐居周地之后，周武王起兵讨伐商纣王，他们认为这是以臣伐君，不合道义，拦在周武王的马前劝阻："父亲死了却不安葬，大动干戈去打仗，这难道是孝的行为吗？身为臣子，却要去杀害国君，这难道可以算作仁德吗？"武王左右的人准备杀掉他们，太公说："他们是义人啊！"扶着他们离开了。武王摧毁了殷商的暴虐统治，天下都归附了周朝，而伯夷、叔齐却认为这是很可耻的事，为了表示对殷商的忠义，不肯再吃周朝的粮食，隐居在首阳山中，靠着采食薇菜充饥。见《史记·伯夷列传》。

张纲埋轮：张纲是东汉官员，受命巡视全国，纠察吏治，他却把车轮埋在洛阳都亭。因为他认为要整顿吏治，首先要查办朝廷上的大官，而非地方官员。见《后汉书·张纲传》："纲字文纪，少明经学……汉安元年，选遣八使徇行风俗，皆耆儒知名，多历显位，唯纲年少，官次最微。余人受命之部，而纲独埋其车轮于洛阳都亭，曰：'豺狼当路，安问狐狸！'"

十灰

（一）

原文

增对损，闭对开，碧草[1]对苍苔[2]。
书签[3]对笔架[4]，两曜[5]对三台[6]。
周召虎[7]，宋桓魋[8]，阆苑[9]对蓬莱[10]。
薰风[11]生殿阁，皓月照楼台。
却[12]马汉文[13]思罢献，吞蝗唐太[14]冀[15]移灾。
照耀八荒[16]，赫赫[17]丽天[18]秋日；震惊百里，轰轰[19]出地春雷。

注释

❶**碧草**：青草。南朝梁江淹《贻袁常侍》："幽冀生碧草，沅湘含翠烟。"唐陈子昂《春台引》："感阳春兮生碧草之油油，怀宇宙以伤远，登高台而写忧。"宋苏轼《题织锦图上回文》："春晚落花余碧草，夜凉低月半枯桐。"

❷**苍苔**：青色苔藓。晋潘岳《河阳庭前安石榴赋》："壁衣苍苔，瓦被驳鲜，处悴而荣，在幽弥显。"唐杜甫《醉时歌》："先生早赋归去来，石田茅屋荒苍苔。"清孙枝蔚《醉题田家翁壁上》："醉墨淋漓留在壁，莫教风雨生苍苔。"

❸**书签**：古代卷轴装的书籍最右端有一根带子，上面会系一支象

牙做的书签。收藏时，先将书籍卷好，用带子捆紧，然后将书签插入带中，起紧固的作用。

❹**笔架**：搁毛笔的架子。

❺**两曜**：指太阳和月亮。

❻**三台**：星宿名。《晋书·天文志》："三台六星，两两而居……在人曰三公，在天曰三台，主开德宣符也。西近文昌二星曰上台，为司命，主寿。次二星曰中台，为司中，主宗室。东二星曰下台，为司禄，主兵，所以昭德塞违也。"

❼**召虎**：即召伯虎，史称召穆公。周宣王时，淮夷不服，宣王命召虎领兵出征，平定淮夷。《诗经·大雅·江汉》："江汉之浒，王命召虎。式辟四方，彻我疆土。匪疚匪棘，王国来极。"

❽**桓魋**：桓魋是春秋宋国人，孔子路过宋国，他曾想杀害孔子，但未果。

❾**阆苑**：阆风之苑，传说中神仙居住的地方，旧时诗文中常用来指宫苑。清曹雪芹《红楼梦》："一个是阆苑仙葩，一个是美玉无瑕。"

❿**蓬莱**：即蓬莱山，神话中东海上仙人居住的三座神山之一(另两座为"方丈""瀛洲")。李商隐《无题》："蓬山此去无多路，青鸟殷勤为探看。"

⓫**薰风**：和暖的风，指初夏时的东南风。《吕氏春秋·有始》："东南曰薰风。"唐白居易《首夏南池独酌》："薰风自南至，吹我池上林。"明李东阳《天津八景》："层轩南向坐薰风，极目平畴远近同。"

⓬**却**：停止。

⓭**汉文**：即汉文帝。汉文帝在位时，有人献千里马，文帝想通过此事堵住官员向上级献礼的恶习，于是下诏归还，并且停止进献千里马。

⓮**唐太**：唐太宗。

⑮**冀**：希望、希冀。

⑯**八荒**：又称“八方”，指最僻远的地方。也可指天下。汉贾谊《过秦论》：“有席卷天下，包举宇内，囊括四海之意，并吞八荒之心。”《三国志·蜀书·诸葛亮传》：“爰整六师，无岁不征，神武赫然，威镇八荒。”清梁启超《少年中国说》：“纵有千古，横有八荒。”

⑰**赫赫**：显赫的样子。明刘基《卖柑者言》：“赫赫乎可象也。”

⑱**丽天**：附着于天。语出《易·离》：“日月丽乎天，百谷草木丽乎土。”《晋书·地理志上》：“星象丽天，山河纪地。”唐刘禹锡《唐故尚书礼部员外郎柳君集纪》：“粲焉如繁星丽天，而芒寒色正，人望而敬者，五行而已。”也可形容光华照耀的天穹，比喻德行昭美。《汉武帝内传》：“若蒙圣诰于即日，臣伏听丽天之教矣。”晋葛洪《抱朴子·博喻》：“日月挟虫鸟之瑕，不妨丽天之景。”明宋濂《水北山房记》：“当大明丽天，万物毕照。”

⑲**轰轰**：形容大的声响。

扩展阅读

唐太宗吞蝗：唐贞观二年，京城大旱，蝗灾大起。唐太宗亲自到田野去察看稻谷，看见蝗虫猖獗，就捡起了几只骂道：“百姓视稻谷为生命，你们却把谷子吃了，你们是在危害百姓啊！如果说老百姓有罪过，那么责任也只在国君一人，如果你们真的有灵性，就应当只啃噬我的心脏，不要危害百姓！”说完便一口将蝗虫吞下。从此，蝗虫真的不再成灾。见《贞观政要·务农》。

（二）

原文

沙对水，火对灰，雨雪对风雷。

书淫❶对传癖❷，水浒❸对岩隈❹。

歌旧曲，酿新醅❺，舞馆❻对歌台❼。

春棠经雨放，秋菊傲霜开。

作酒固难忘曲糵❽，调羹❾必要用盐梅❿。

月满庾⓫楼，据胡床⓬而可玩；花开唐苑，轰羯鼓⓭以奚催。

注释

❶**书淫**：爱书入迷的人。淫，过分的爱好。《晋书·皇甫谧传》："皇甫谧字士安……博宗典籍百家之言……耽玩典籍，忘寝与食，时人谓之书淫。"

❷**传癖**：热爱经典成癖的人，指杜预。杜预，字元凯，极有政治才干，《晋书·杜预传》说他"耽思经籍，为《春秋左氏经传集解》……又作《盟会图》《春秋长历》，备成一家之学"。杜预曾说王济善解马性，有马癖；和峤爱钱如命，有钱癖。武帝司马炎问他有何癖好，杜预说："臣有《左传》癖。"

❸**水浒**：水边。《诗经·大雅·绵》："率西水浒，至于岐下。"唐王勃《九成宫颂序》："获秦余于故兆，地拟林光；访周旧于遗风，山连水浒。"宋杨万里《浯溪赋》："乃迹故步，还至水浒。"明何景明《津市打鱼歌》："野人无船住水浒，织竹为梁数如罟。"

❹**岩隈**：深山曲折处。隋杨广《秦孝王诔》："扈驾仁寿，抚席岩隈。"唐孟翔《奉和郎中游仙山四瀑布》："萝茑冒紫绶，岩隈驻朱幡。"元张纬《结庐》："却恐汉庭须羽翼，鹤书未许老岩隈。"

❺**新醅**：新酿的酒。醅，未滤去糟的酒，亦泛指酒。唐白居易《问刘十九》："绿蚁新醅酒，红泥小火炉。"宋陆游《舍北摇落景物殊佳偶作》："东邻膰肉至，一笑举新醅。"元曾瑞《端正好·自序》："瓮头白酒新醅泼，碗内黄齑坌酱和。"

❻**舞馆**：舞蹈的场所。南朝齐谢朓《和伏武昌登孙权故城》："舞馆识余基，歌梁想遗啭。"

❼**歌台**：表演歌舞的楼台。唐蔡孚《奉和圣制·龙池篇》："歌台舞榭宜正月，柳岸梅洲胜往年。"宋辛弃疾《永遇乐·京口北固亭怀古》："舞榭歌台，风流总被雨打风吹去。"元杨载《题沈君〈湖山春晓图〉诗卷》："舞榭歌台临大路，佛宫仙馆入云霄。"

❽**曲糵**：酿酒或制酱所用的发酵物，俗称"酵母"。

❾**调羹**：调和羹汤。

❿**盐梅**：盐和酸梅，用来调配食物的咸淡和酸味的调味品。《尚书·说命下》："若作酒醴，尔惟曲糵；若作和羹，尔惟盐梅。"此句意为：我如果酿酒，你就是发酵的酵母；我如果烹煮肉羹，你就是调味的盐和酸梅。这是商高宗武丁对其贤相傅说虚心求教，请他尽心辅佐自己的话。

⓫**庾**：庾亮，字元规，东晋外戚、名士。据说他在武昌时，曾于月夜与下属们一起在南楼坐在胡床上赏月吟咏。见《世说新语·容止》："庾太尉在武昌，秋夜气佳景清，使吏殷浩、王胡之之徒登南楼理咏……因便据胡床，与诸人咏谑，竟坐甚得任乐。"

⓬**胡床**：又称"交床""交椅""绳床"，是古时一种可以折叠的轻便坐具，类似马扎。

⑬**羯鼓**：古代打击乐器的一种，形状像漆桶，下有鼓架，用两个鼓槌击打，声音高亢激烈。传说杨贵妃有次赏花，见花园中的花尚未开放，便命令敲打声音急促高烈的羯鼓催促花开，结果桃花、杏花竞相开放。另说唐玄宗精通音乐，特别喜好羯鼓，曾亲自在内廷临轩击鼓，庭院中柳树、杏树的叶苞、花苞随着鼓声生长开放。

（三）

原文

休[1]对咎[2]，福对灾，象箸[3]对犀杯[4]。
宫花[5]对御柳[6]，峻阁对高台。
花蓓蕾[7]，草根荄[8]，剔藓对剜苔[9]。
雨前庭蚁闹，霜后阵鸿哀。
元亮[10]南窗今日傲，孙弘[11]东阁几时开。
平展青茵[12]，野外茸茸软草；高张翠幄[13]，庭前郁郁凉槐。

注释

❶**休**：美好、喜庆、吉利。《易·大有》："君子以遏恶扬善，顺天休命。"《诗经·豳风·破斧》："亦孔之休。"唐柳宗元《与邕州李域中函论陆卓启》："累仕所至，必获休声。"

❷**咎**：灾难、灾祸。《吕氏春秋·侈乐》："弃宝者必离其咎。"汉贾谊《吊屈原赋》："嗟苦先生，独离此咎兮。"

❸**象箸**：象牙做的筷子。

❹**犀杯**：犀牛角做的杯子。

❺**宫花**：皇宫庭苑中的花木。唐李白《宫中行乐词》："宫花争笑日，池草暗生春。"唐杜牧《早春阁下寓直萧九舍人亦直内署因寄书怀四韵》："御水初消冻，宫花尚怯寒。"金蔡松年《鹧鸪天》："解语宫花出画檐，酒尊风味为花甜。"

❻**御柳**：宫禁中的柳树。唐沈佺期《和户部岑尚书参迹枢揆》："御柳垂仙掖，公槐覆礼闱。"明宋讷《壬子秋过故宫》："上林春去

宫花落，金水霜来御柳黄。”

❼**蓓蕾**：含苞未放的花。宋吴处厚《青箱杂记》：“刺桐花深红，每一枝数十蓓蕾。”《聊斋志异·粉蝶》：“时已初冬，墙内不知何花，蓓蕾满树。”

❽**根荄**：植物的根，亦作“根垓”“根核”。《文子·符言》：“故羽翼美者，伤其骸骨；枝叶茂者，害其根荄；能两美者，天下无之。”汉刘向《说苑·建本》：“树本浅，根垓不深。”唐白居易《问友》：“根荄相交长，茎叶相附荣。”

❾**剔藓对剜苔**：“剔藓”“剜苔”指剔除碑刻表面的苔藓，以识读文字。唐韩愈《石鼓歌》：“剜苔剔藓露节角，安置妥帖平不颇。”

❿**元亮**：即陶渊明，字元亮。

⓫**孙弘**：即公孙弘，西汉武帝时人，汉代儒家学派的代表之一，曾任宰相。据《史记·公孙弘传》记载，公孙弘在东阁中用私人俸禄供养故人宾客，家无余财。

⓬**青茵**：指青草平整柔软如席。茵，草席。

⓭**翠幄**：指槐树叶浓荫蔽日如帐篷。幄，帐篷。

十一真

（一）

原文

邪对正，假对真，獬豸[1]对麒麟[2]。
韩卢[3]对苏雁[4]，陆橘[5]对庄椿[6]。
韩五鬼[7]，李三人[8]，北魏[9]对西秦[10]。
蝉鸣哀暮夏，莺啭[11]怨残春。
野烧焰腾红烁烁[12]，溪流波皱碧粼粼[13]。
行无踪，居无庐，颂成酒德[14]；动有时，藏有节，论著钱神[15]。

注释

❶**獬豸**（xièzhì）：古代传说中的异兽，形似牛，一说似羊，独角，能分辨曲直，见人打斗时，会用角触理亏的人。司马相如《上林赋》："椎蜚廉，弄獬豸。"《镜花缘》："凡罪疑者，俱令獬豸触之。"

❷**麒麟**：传说中的神兽，形似麋鹿，牛尾，狼蹄，有一角，是仁慈吉祥的兽，出现则天下大治。

❸**韩卢**：亦作"韩子卢"，战国时韩国良犬，黑色。《战国策·秦策三》："以秦卒之勇，车骑之多，以当诸侯，譬若驰韩卢而逐蹇兔也。"也可泛指良犬。宋辛弃疾《满江红·和范先之雪》：

“记少年，骏马走韩卢，掀东郭。”明梁辰鱼《浣纱记·问疾》：“怜你依林越鸟，走险韩卢，喘月吴牛。”

❹**苏雁**：苏武“鸿雁传书”典故，见《一东（一）》扩展阅读“鸿雁传书”条目。

❺**陆橘**：“陆绩怀橘”典故，见《九佳（三）》扩展阅读“陆绩怀橘”条目。

❻**庄椿**：祝人长寿之词。出自《庄子·逍遥游》：“上古有大椿者，以八千岁为春，八千岁为秋。”唐罗隐《钱尚父生日》：“锦衣玉食将何报，更俟庄椿一举头。”宋刘克庄《乳燕飞·寿干官》：“更把百倍添来，庄椿身世，又十头添撇。”元萨都剌《溪行中秋玩月》：“惟期母寿庄椿逾，有子愿效返哺乌。”

❼**韩五鬼**：唐韩愈《送穷文》中提到穷鬼有五类，即智穷、学穷、文穷、命穷、交穷。

❽**李三人**：唐李白《月下独酌》：“花间一壶酒，独酌无相亲。举杯邀明月，对影成三人。”三人指自己、影子和月亮。

❾**北魏**：亦称后魏(386—534)，北朝政权之一，鲜卑人拓跋珪所建，后来分裂为东魏和西魏。《陈书·何之元传》：“若夫猃狁孔炽，鲠我中原，始自一君，终为二主，事有相涉，言成混漫。今以未分之前为北魏，既分之后高氏所辅为东魏，宇文所挟为西魏，所以相分别也。”

❿**西秦**：晋时十六国之一。淝水之战后，陇西鲜卑族首领乞伏国仁占领枹罕（在今甘肃），称“大单于”，建立政权，史称“西秦”，其统治范围在今甘肃西南部，最后为夏所灭。

⓫**啭**：鸟儿婉转的鸣叫声。

⓬**烁烁**：火光闪烁、明亮的样子。汉李陵《录别诗》：“烁烁三星列，拳拳月初生。”

⓭**粼粼**：形容水清澈闪耀的样子。

⓮**行无踪，居无庐，颂成酒德**：晋代刘伶嗜酒，作有《酒德颂》：

"行无辙迹，居无室庐，幕天席地，纵意所如。"是说行走没有固定的轨迹，居住没有固定的房屋，以天为幕，以地为席，放纵心意，随遇而安。

⑮ **动有时，藏有节，论著钱神**：动，指钱币在交易过程中流通；藏，指商品未流通则钱币被收藏。《晋书·隐逸列传·鲁褒传》："钱之为体，有乾坤之象。内则其方，外则其圆。其积如山，其流如川。动静有时，行藏有节。市井便易，不患耗折。难折象寿，不匮象道。故能长久，为世神宝。"

（二）

原文

哀对乐，富对贫，好友对嘉宾。
弹冠[1]对结绶[2]，白日对青春[3]。
金翡翠[4]，玉麒麟[5]，虎爪对龙鳞。
柳塘[6]生细浪[7]，花径[8]起香尘[9]。
闲爱登山穿谢屐[10]，醉思漉酒脱陶巾[11]。
雪冷霜严，倚槛松筠[12]同傲岁；日迟[13]风暖，满园花柳各争春。

注释

❶**弹冠**：弹去帽子上的灰尘，比喻准备出来做官。汉代王吉和贡禹是很好的朋友，贡禹多次被免职，王吉在官场也很不得志。汉元帝时，王吉被召去当谏议大夫，贡禹听到这个消息很高兴，就把自己的官帽取出，弹去多年布满的灰尘，准备戴用。果然没多久贡禹也被任命为谏议大夫。后来人们就用“弹冠相庆”比喻同伴做官之后庆祝自己也有官可做，现在多用来形容坏人得意的样子，含贬义。《汉书·王吉传》：“吉与贡禹为友，世称‘王阳在位，贡公弹冠’，言其取舍同也。”

❷**结绶**：佩好用来系官印的丝带，比喻准备出来做官。汉代萧育和朱博为好朋友，两人互相推荐，都出仕为官。因为以前有王吉和贡禹“弹冠相庆”的事，故当时人说“萧朱结绶，王贡弹冠”。见《汉书·萧育传》：“少与陈咸、朱博为友，著闻当世。往者有王阳、贡公，故长安语曰：‘萧朱结绶，王贡弹冠。’言

其相荐达也。”唐皇甫冉《杂言无锡惠山寺流泉歌》：“我来结绶未经秋，已厌微官忆旧游。”明梁辰鱼《浣纱记·不允》：“结绶金马庭，高议云台上。”郁达夫《自汉皋至辰阳流亡途中口占》：“岂为行吟来楚泽，终期结绶到南枝。”

❸**白日对青春**：“白日”指太阳，亦指白昼。“青春”指春天。唐杜甫《闻官军收河南河北》：“白日放歌须纵酒，青春作伴好还乡。”按照五行学说，季节的春和颜色的青是相配的，故称“青春”。

❹**金翡翠**：金色的翡翠鸟，也可以指用金翠装饰的帷帐或被子。唐李商隐《无题》：“蜡照半笼金翡翠，麝熏微度绣芙蓉。”

❺**玉麒麟**：玉质的麒麟符。隋文帝曾造此符节。

❻**柳塘**：周围植柳的池塘。唐严维《酬刘员外见寄》：“柳塘春水慢，花坞夕阳迟。”元陈基《春日邵氏园池》：“柳塘水暖鸳鸯浴，花径风酣蛱蝶飞。”

❼**细浪**：微小的波纹。唐杜甫《城西陂泛舟》：“鱼吹细浪摇歌扇，燕蹴飞花落舞筵。”金元好问《梁园春》：“暖入金沟细浪添，津桥杨柳绿纤纤。”毛泽东《长征》：“五岭逶迤腾细浪，乌蒙磅礴走泥丸。”

❽**花径**：花间的小路。唐杜甫《客至》：“花径不曾缘客扫，蓬门今始为君开。”明谢谠《四喜记·花亭佳偶》：“花径尘芳，浅印花鞋小。”

❾**香尘**：芳香之尘，多指随着女子步履而起的尘土。出自晋王嘉《拾遗记·晋时事》：“（石崇）又屑沉水之香如尘末，布象床上，使所爱者践之。”唐沈佺期《洛阳道》：“行乐归恒晚，香尘扑地遥。”宋柳永《柳初新》：“遍九陌、相将游冶，骤香尘、宝鞍骄马。”明唐寅《题〈梦草图〉为陆勋杰》：“池塘春涨碧溶溶，醉卧香尘浅草中。”

❿**谢屐**：南朝宋诗人谢灵运喜游山，特制一种前后齿可装卸的木

屐，上山可去其前齿，下山则去其后齿。因谢灵运之名称这种特制的木屐为“谢公屐”“灵运屐”等，亦省称“谢屐”。《南史·谢灵运传》：“寻山陟岭，必造幽峻，岩嶂数十重，莫不备尽。登蹑常着木屐，上山则去其前齿，下山去其后齿。”

⑪**陶巾**：陶渊明好酒，他经常用头巾滤酒，滤后又照旧戴上，后用“滤酒葛巾”“葛巾漉酒”等词形容爱酒成癖、嗜酒为荣，赞羡真率超脱。参见陶渊明《饮酒》：“终日驰车走，不见所问津。若复不快饮，空负头上巾。”

⑫**松筠**：松树和竹子。二者均耐寒，冬季不落叶，故称“傲岁”。

⑬**日迟**：太阳移动得很慢。

（三）

原文

香对火，炭对薪，日观[1]对天津[2]。
禅心[3]对道眼[4]，野妇[5]对宫嫔[6]。
仁无敌[7]，德有邻[8]，万石对千钧。
滔滔三峡[9]水，冉冉一溪冰。
充国[10]功名当画阁[11]，子张[12]言行贵书绅[13]。
笃志[14]诗书，思入圣贤绝域[15]；忘情官爵，羞沾名利纤尘。

注释

❶ **日观**：泰山顶上的一座山峰名，为观日出的最佳地点。

❷ **天津**：天津桥的简称。在河南洛阳西南洛河之上，为隋炀帝所建。此名字面意思就是天河的渡口。

❸ **禅心**：佛教用语。进入禅定境界的心。南朝梁江淹《吴中礼石佛》："禅心暮不杂，寂行好无私。"唐李颀《题璇公山池》："片石孤云窥色相，清池皓月照禅心。"宋黄庭坚《听崇德君鼓琴》："禅心默默三渊静，幽谷清风淡相应。"

❹ **道眼**：佛教用语。能洞察一切、辨别真妄的眼力。《敦煌变文汇录·维摩诘经问疾品变文》："必使天龙开道眼，教伊八部悟深因。"宋苏轼《与王定国书》："粉白黛绿者，俱是火宅中狐狸射干之流，愿公以道眼照破。"明田汝成《西湖游览志余·艺文赏鉴一》："今此幅得李唐法，世人以肉眼观之，则无足取也。若以道眼观之，则形不足而意有余矣。"

❺**野妇**：村野妇女。明何景明《古松行》："傍枝出地子成树，野妇山樵摧作薪。"

❻**宫嫔**：帝王的侍妾。唐薛调《无双传》："我闻宫嫔选在掖庭，多是衣冠子女。"《三国演义》："郭汜领兵入内，抢掳宫嫔采女，放火烧殿宇。"

❼**仁无敌**：用仁德统治天下的人，无人能与他对抗。出自《孟子·梁惠王上》："仁者无敌。"

❽**德有邻**：有德行的人一定会有志同道合的伙伴。出自《论语·里仁》："德不孤，必有邻。"

❾**三峡**：一般指长江三峡。西起重庆市奉节县白帝城，东至湖北省宜昌市南津关，依次是瞿塘峡、巫峡、西陵峡。

❿**充国**：赵充国，西汉武帝时期著名将领。

⓫**画阁**：此处指麒麟阁。甘露三年（前51），汉宣帝刘询因匈奴归降大汉，回忆往昔辅佐有功之臣，令人画霍光、赵充国等十一名功臣像于麒麟阁，以示纪念。

⓬**子张**：颛孙氏，字子张，孔子弟子。

⓭**绅**：系在腰间下垂的衣带。"书绅"指在衣带上书写。《论语·卫灵公》："子张问行，子曰：'言忠信，行笃敬……'子张书诸绅。"是说子张把孔子的教诲写在衣带上，以示牢牢不忘。

⓮**笃志**：专心致志、一心一意。《论语·子张》："博学而笃志，切问而近思，仁在其中矣。"汉班固《答宾戏序》："永平中为郎，典校秘书，专笃志于儒学。"

⓯**绝域**：极其遥远的地方。《后汉书·班超传》："愿从谷吉，效命绝域。"唐王维《送刘司直赴安西》："绝域阳关道，胡沙与塞尘。"

十二文

（一）

原文

家对国，武对文，四辅❶对三军❷。
九经❸对三史❹，菊馥对兰芬。
歌北鄙❺，咏南薰❻，迩听对遥闻。
召公❼周太保❽，李广❾汉将军。
闻化❿蜀民皆草偃⓫，争权晋士已瓜分。
巫峡夜深，猿啸苦哀巴地月；衡峰秋早，雁飞高贴楚天云。

注释

❶**四辅**：官名，相传为古代天子夏王身边的四个辅佐官，即前疑、后丞、左辅、右弼。西汉末王莽托古改制，置四辅以配三公，又为其子置师疑、傅丞、阿辅、保拂（弼）之官。明太祖曾置春、夏、秋、冬官，也叫“四辅”。

❷**三军**：义近于“全军”。周制，诸侯大国统率三军，每一军共一万二千五百人。春秋时各大国三军名称不一，如晋国设中军、上军、下军，楚国设中军、左军、右军等，后来三军演变为军队的通称。《左传·襄公十四年》：“周为六军，诸侯之大者，三军可也。”李陵《答苏武书》：“陵先将军功略盖天地，义

勇冠三军。"《三国演义》:"曹操自引军马来迎,正逢高顺,三军混战。"

❸**九经**:九种儒家经籍。所指不一,或指《周礼》《仪礼》《礼记》《左传》《公羊传》《穀梁传》《诗经》《书经》《易经》;或指《易经》《诗经》《书经》《礼记》《春秋》《孝经》《论语》《孟子》《周礼》。

❹**三史**:六朝以前,《史记》《汉书》《东观汉记》合称为"三史"。唐玄宗开元以后,以范晔《后汉书》代《东观汉记》,与《史记》《汉书》合称为"三史"。

❺**北鄙**:代指北方边境的歌谣。古人认为商纣王所喜爱的"北鄙之乐"是杀伐亡国之声,见《孔子家语·辩乐解》:"殷纣好为北鄙之声,其废也忽焉。"鄙,周代地方组织单位之一,一百家为一鄼,五百家为一鄙,这里指边境上的城邑。

❻**南薰**:亦作"南熏",代指南风之歌。古人认为"南熏之乐"为圣明发达之声,见《孔子家语·辩乐解》:"南风之熏兮,可以解吾民之愠兮;南风之时兮,可以阜吾民之财兮。"薰,《说文解字》:"薰,香草也。"《左传·僖公四年》:"一薰一莸,十年尚犹有臭。"《广雅·释草》:"叶曰蕙,根曰薰。"此处意为"和煦"。晋左思《魏都赋》:"蕙风如薰。"

❼**召公**:又称"召伯"。姬姓,名奭(shì),为周天子的同族,因封于召,故称"召公"。

❽**周太保**:周天子的太保。召公于周武王时曾任此职。

❾**李广**:西汉名将,汉文帝、汉武帝时与匈奴作战,屡立战功,擅长骑射。为边郡太守时,匈奴不敢入侵,号称"飞将军"。王昌龄《出塞》:"秦时明月汉时关,万里长征人未还。但使龙城飞将在,不教胡马度阴山。"

❿**闻化**:百姓接受教化。《汉书·循吏传》:"文翁……为蜀郡守,仁爱好教化。"西汉景帝末年,文翁为蜀地太守,为改变蜀地少数民族鄙陋的民风,他挑选品质优秀的小吏到京城学习政

务，并提倡文教，在当地开办学校，提高文士的地位，蜀地百姓都闻风而化，民风大变。班固称赞说："至今巴蜀好文雅，文翁之化也。"

⑪ **草偃**：像草一样倒伏。比喻臣服顺从。南朝梁刘勰《文心雕龙》："移宝易俗，草偃风迈。"《论语·颜渊》："君子之德风，小人之德草，草上之风，必偃。"晋葛洪《抱朴子·用刑》："明后御世，风向草偃，道洽化醇。"唐白居易《册回鹘可汗加号文》："东渐海夷，西亘山狄，惠宁威制，鳞帖草偃。"《资治通鉴·魏明帝青龙元年》："圣化所绥，万里草偃。"

扩展阅读

三家分晋：晋始有六卿：智氏、赵氏、韩氏、范氏、魏氏、中行氏。先是智、韩、赵、魏共灭范氏、中行氏，并瓜分了他们的领地；后来赵、魏、韩又共灭智氏并分地。周安王二十六年（前376），三家共废晋君，将晋国的土地分为三份，史称"三家分晋"。公元前403年，周天子正式承认三家为诸侯，因此韩、赵、魏三国又被合称为"三晋"。三家分晋是历史上具有划时代意义的重大事件，是战国时期开始的标志。

（二）

原文

敧对正，见对闻，偃武对修文[1]。

羊车[2]对鹤驾[3]，朝旭[4]对晚曛[5]。

花有艳，竹成文，马燧[6]对羊欣[7]。

山中梁宰相[8]，树下汉将军[9]。

施帐解围嘉道韫[10]，当垆[11]沽[12]酒叹文君[13]。

好景有期，北岭几枝梅似雪；丰年先兆，西郊千顷稼[14]如云。

注释

❶**偃武对修文**："偃武修文"指停止征伐、振兴文教。《尚书·武成》："王来自商，至于丰，乃偃武修文。"

❷**羊车**：晋武帝喜乘坐羊车在宫内游走，羊车停在何处便在何处歇宿。妃子们为了争宠，在自己的门前插上竹叶、洒上盐水来吸引拉车的羊。见《晋书·后妃传》。

❸**鹤驾**：太子的车驾。周灵王的太子晋，被道士浮丘公接上嵩高山（今嵩山）修道，三十余年后乘白鹤驻缑氏山头，数日而去，故后人把太子的车驾称为"鹤驾"。见《列仙传》："王子乔者，周灵王太子晋也，好吹笙作凤鸣。游伊、洛之间，道人浮丘公接以上嵩高山。三十余年后，求之于山上，见桓良曰：'告我家，七月七日待我于缑氏山巅。'至时，果乘白鹤驻山头，望之不得到，举手谢时人，数日而去。"

❹**旭**：初升的太阳。

❺**曛**：指日落时的余光，引申指傍晚、黄昏。清王宾《江城子·清明》："一带斜曛归路，晚风料峭怯寒衣。"

❻**马燧**：字洵美，中唐名将。他先跟从其兄马炫学习文学，后来看到天下动乱，便改学兵书战策，屡立战功，封北平郡王。

❼**羊欣**：南朝宋人，擅长书法和医术，曾任新安太守。

❽**山中梁宰相**：南朝梁时，陶弘景隐居阳山，人称"山中宰相"，梁武帝每有大事都去询问他。见《南史·陶弘景传》："国家每有吉凶征讨大事，无不前以咨询。月中常有数信，时人谓为山中宰相。"

❾**树下汉将军**：指东汉"云台二十八将"之一的冯异。冯异字公孙，屡建战功，曾协助刘秀创建东汉政权，但每逢众人谈论战功的时候，他都独立于树下，人称"大树将军"。后常用"大树将军"指不居功自傲的将领。见《后汉书·冯异传》："每所止舍，诸将并坐论功，异常独屏树下，军中号曰'大树将军'。"

❿**施帐解围嘉道韫**：谢道韫是东晋女诗人，王羲之儿子王凝之的妻子。王凝之的弟弟王献之与客人讨论问题，被客人难住，谢道韫便在客人座前设一青色帷帐，坐在帷帐之后帮王献之与客人辩论，客人都难不住她。见《晋书·列女传》。

⓫**当垆**：指卖酒。垆，古时酒店里安放酒瓮的土台子。亦可借指酒馆。汉辛延年《羽林郎》："胡姬年十五，春日独当垆。"五代前蜀韦庄《菩萨蛮》："垆边人似月，皓腕凝霜雪。"

⓬**沽**：买。多指买酒。《论语·乡党》："沽酒市脯不食。"《论语·子罕》："有美玉于斯，韫椟而藏诸？求善贾而沽诸？"

⓭**文君**：卓文君。西汉蜀地大富翁卓王孙的女儿，司马相如之妻。据《史记·司马相如列传》，卓文君寡居，因羡慕司马相如的才学，与相如私奔，开一酒店谋生，卓文君当垆卖酒，司马相如则和雇来的人一起充当酒保。

⓮**稼**：泛指谷物。

扩展阅读

披荆斩棘：冯异曾在关中平定赤眉起义军，后来到洛阳朝见时，刘秀指着冯异对满朝大臣说："他为我劈开荆棘，平定了关中。""披荆棘"本是刘秀夸奖冯异的征战之功，后演变为成语"披荆斩棘"，比喻扫除前进道路上的困难和障碍。

（三）

原文

尧对舜，夏对殷，蔡惠[1]对刘蕡[2]。

山明对水秀[3]，五典对三坟[4]。

唐李杜[5]，晋机云[6]，事[7]父对忠君。

雨晴鸠[8]唤妇，霜冷雁呼群[9]。

酒量洪深[10]周仆射[11]，诗才俊逸[12]鲍参军[13]。

鸟翼长随，凤兮洵众禽长[14]；狐威不假，虎也真百兽尊。

注释

❶**蔡惠**：当作“蔡茂”，汉朝人，据说他曾在做梦后升官。

❷**刘蕡**：中唐名士，字去华，李商隐好友。他参加贤良方正科的考试，在对策中极言宦官对国家的危害，考官不敢录取他，同考的人说：“刘蕡不能考中，而我们考中了，真是惭愧啊！”

❸**山明对水秀**：“山明水秀”形容山水秀丽、风景优美。宋黄庭坚《蓦山溪》：“眉黛敛秋波，尽湖南，山明水秀。”《水浒传》：“正行之间，贪看山明水秀，不觉天色已晚。”

❹**五典对三坟**：“三坟五典”是传说中的上古典籍，相传为少昊、颛顼、高辛、唐、虞所著。《左传·昭公十二年》：“是能读三坟、五典、八索、九丘。”《尚书·序》：“伏羲、神农、黄帝之书谓之三坟，言大道也；少昊、颛顼、高辛、唐、虞之书谓之五典，言常道也。”张衡《东京赋》：“昔常恨三坟五典既泯，仰不睹炎帝帝魁之美。”

❺**李杜**：唐朝李白、杜甫以诗齐名，世称“李杜”。唐韩愈《调张籍》：“李杜文章在，光焰万丈长。”

❻**机云**：西晋陆机、陆云兄弟以文齐名。

❼**事**：服侍、侍奉、供奉。汉乐府《孔雀东南飞》：“奉事循公姥，进止敢自专。”唐李白《梦游天姥吟留别》：“安能摧眉折腰事权贵，使我不得开心颜！”

❽**鸠**：斑鸠。也叫“鹁鸪”“鹁鸠”。据说雄鸠阴天下雨时会将身边的雌鸠赶走，天将转晴时又大声鸣叫将雌鸠唤回，俗语“天将雨，鸠逐妇”即指此。

❾**霜冷雁呼群**：大雁在天冷时群飞迁徙，经常鸣叫以互相呼应。

❿**洪深**：广博而深奥。这里指酒量大。《百喻经序》：“吾闻佛道洪深，无能及者。”金王若虚《论语辨惑一》：“夫圣人之道，诚高远而洪深。”

⓫**周仆射**（yè）：指东晋左仆射周顗（yǐ）。周顗年少时即以雅望而享盛名，受海内人士敬慕，后经常因醉酒而出现过失。任仆射之时，酒醒的时候不多，往往一醉三日才醒，当时人们把他称作“三日仆射”。见《晋书·周顗传》。

⓬**俊逸**：形容人容貌俊秀、才艺超群。明凌濛初《初刻拍案惊奇》：“看他腰间沉重，语言温谨，相貌俊逸，身材小巧，谅道不是歹人。”

⓭**鲍参军**：南朝诗人鲍照曾做参军。唐杜甫《春日忆李白》：“清新庾开府，俊逸鲍参军。”

⓮**凤兮洵众禽长**：凤凰的确是所有禽类的首领。洵，诚然，实在。《孔子家语·执辔》：“羽虫三百有六十，而凤为之长。”《格物总论》：“凤飞则禽鸟随之。”

扩展阅读

狐假虎威：狐狸倚仗老虎的威风，比喻倚仗别人的权势来欺压、恐吓人。楚宣王问大臣："北方人为什么怕我们楚国的大将军昭奚恤呢？"谋士江乙就把昭奚恤比作狐狸，把楚王比作老虎，说："北方人不是怕昭奚恤，是怕大王您的军队。"见《战国策·楚一》。

十三元

（一）

原文

幽对显，寂对喧，柳岸[1]对桃源[2]。

莺朋对燕友[3]，早暮对寒暄[4]。

鱼跃沼[5]，鹤乘轩[6]，醉胆[7]对吟魂[8]。

轻尘生范甑[9]，积雪拥袁门[10]。

缕缕轻烟芳草渡，丝丝微雨杏花村。

诣[11]阙[12]王通[13]，献太平十二策[14]；出关老子[15]，著道德五千言[16]。

注释

❶**柳岸**："杨柳岸"的省称。宋柳永《雨霖铃·寒蝉凄切》："今宵酒醒何处？杨柳岸，晓风残月。"宋苏轼《好事近·黄州送君猷》："明年春水漾桃花，柳岸隘舟楫。"

❷**桃源**："桃花源"的省称。南朝陈徐陵《山斋诗》："桃源惊往客，鹤峤断来宾。"唐杜甫《北征》："缅思桃源内，益叹身世拙。"明张煌言《赠卢牧舟大司马》："并州正有来苏望，忍说桃源可避秦。"

❸**莺朋对燕友**：莺朋燕友，成群结伴的黄莺和燕子。元不忽木《点绛唇·辞朝》："谁待似落花般莺朋燕友？谁待似转灯般龙争虎斗？"

❹**寒暄**：冷暖，今多泛指宾主见面时谈天气冷暖之类的应酬话。暄，温暖。白居易《桐花》："地气反寒暄，天时倒生杀。"南朝梁刘峻《广绝交论》："叙温郁则寒谷成暄，论严苦则春丛零叶。"

❺**鱼跃沼**：周天子在灵沼边游玩，群鱼在池中翻腾跳跃。出自《诗经·大雅·灵台》："王在灵沼，於牣鱼跃。"

❻**鹤乘轩**：春秋时卫懿公荒淫，所喂养的仙鹤享受大夫的待遇，可以乘轩车。等到打仗的时候，战士们都说："让鹤去打仗好了，它们享受了俸禄，我们怎能打仗呢？"见《左传·闵公二年》。后以"鹤轩"借指得到的禄位。轩，古代一种前顶较高而有帷幕的车子，供大夫以上乘坐，也泛指高大漂亮的车子。

❼**醉胆**：醉酒后的胆量。形容豪气。金元好问《过希颜故居》："缺壶声里《短歌行》，星斗阑干醉胆横。"

❽**吟魂**：诗情、诗思。唐李咸用《雪》："高楼四望吟魂敛，却忆明皇月殿归。"宋叶颙《日暮江村杂兴》："孤舟中夜笛，感慨动吟魂。"《水浒传》："消磨醉眼，倚青天万叠云山；勾惹吟魂，翻瑞雪一江烟水。"

❾**轻尘生范甑**：东汉桓帝时，范冉因牵连到反对宦官的事件当中，为避祸而逃出京城，靠卖卜为生，家中屡屡断粮，蒸饭的甑都落满了灰尘，但他怡然自得，根本不放在心上。见《后汉书·独行列传》："（范冉）遭党人禁锢，遂推鹿车，载妻子，捃拾自资，或寓息客庐，或依宿树荫。如此十余年，乃结草室而居焉。所止单陋，有时粮粒尽，穷居自若，言貌无改，闾里歌之曰：甑中生尘范史云，釜中生鱼范莱芜。"甑，指古代蒸饭的一种瓦器，底部有许多透蒸汽的孔格，置于鬲上蒸煮，如

同现代的蒸锅。

⑩**积雪拥袁门**：有一次洛阳下大雪，积雪深达丈余。洛阳县令晨出巡视灾民，看见别人家都有出门求食的脚印，只有袁安家门口无脚印。洛阳县令以为袁安已经冻死，推开门一看，见袁安冻得僵直地躺在床上，问他何以不出门求食，袁安答道："大雪天，别人的粮食也不多，不应当再去麻烦人家。"见《后汉书·袁安传》。

⑪**诣**：往、到。特指到尊长那里去。

⑫**阙**：古代宫殿、祠庙和陵墓前的建筑物，后用以代指宫殿、皇宫。

⑬**王通**：隋朝思想家，王勃的祖父。

⑭**太平十二策**：据说王通西游长安，朝见隋文帝，献《太平策》十二策，以古论今，推崇用道德统一天下，从容自在，就像将天下运于掌中。

⑮**老子**：春秋末期思想家，道家学派创始人和代表人物，姓李名耳，字伯阳，又叫"李聃""老聃"。

⑯**道德五千言**：《道德经》全文共五千字，此书后成为道家经典。据说老子西出函谷关，为关令尹喜著《道德经》。参见《隋书·经籍志·关令尹喜内传》。

（二）

原文

儿对女，子对孙，药圃对花村。

高楼对邃阁[1]，赤豹对玄猿[2]。

妃子骑[3]，夫人轩[4]，旷野对平原。

匏巴[5]能鼓瑟，伯氏善吹埙[6]。

馥馥早梅思驿使[7]，萋萋芳草怨王孙[8]。

秋夕月明，苏子黄岗游绝壁；[9]春朝花发，石家金谷启芳园[10]。

注释

❶**邃阁**：深幽的亭阁。邃，深邃、幽秘。清俞蛟《梦厂杂著·梦游天台山》："及琳宫梵宇，邃阁幽轩，可以凭吊，可以宴游，历历如绘。"

❷**玄猿**：黑色的猿。汉司马相如《长门赋》："孔雀集而相存兮，玄猿啸而长吟。"唐皮日休《追和虎丘寺清远道士诗》："海光天一半，玄猿行列归。"

❸**妃子骑**：唐朝杨贵妃喜欢吃新鲜荔枝，每年从岭南用七日七夜将荔枝飞骑送往长安城。唐杜牧《过华清宫》："长安回望绣成堆，山顶千门次第开。一骑红尘妃子笑，无人知是荔枝来。"

❹**夫人轩**：又叫"鱼轩"，一种用鱼皮装饰的华丽高大的车子，据说是春秋时诸侯夫人所乘之车，后以"鱼轩"代指贵族夫人所乘之车。唐岑参《西河郡太原守张夫人挽歌》："鹊印庆仍传，鱼轩宠莫先。"唐权德舆《县君赴兴庆宫朝贺载之奉行册礼因

书即事》："相期偕老宜家处，鹤发鱼轩更可怜。"唐顾况《晋公魏国夫人柳氏挽歌》："鱼轩海上遥，鸾影月中销。"

❺**匏（páo）巴**：古代传说中的乐人，也叫"瓠巴"。《荀子·劝学》："昔者瓠巴鼓瑟，而流鱼出听。"

❻**伯氏善吹埙（xūn）**：出自《诗经·小雅·何人斯》："伯氏吹埙，仲氏吹篪。"伯氏，哥哥。仲氏，弟弟。埙，古代一种土制乐器，椭圆形，有六孔。篪，古代一种用竹管制成像笛子一样的乐器，有八孔。

❼**馥馥早梅思驿使**：馥馥，香气扑鼻的样子。驿使，古代传递公文、书信的官吏。南朝陆凯给在长安做官的朋友范晔寄去一枝梅花，而且赋诗说："折花逢驿使，寄与陇头人。江南无所有，聊赠一枝春。"

❽**萋萋芳草怨王孙**：萋萋，草茂盛的样子。王孙，指贵族子弟。唐白居易《赋得古原草送别》："离离原上草，一岁一枯荣。野火烧不尽，春风吹又生。远芳侵古道，晴翠接荒城。又送王孙去，萋萋满别情。"

❾**秋夕月明，苏子黄岗游绝壁**：指苏轼与友人泛舟游览黄州赤壁一事。宋苏轼《前赤壁赋》："壬戌之秋，七月既望，苏子与客泛舟游于赤壁之下。"

❿**金谷启芳园**：金谷园是西晋石崇的别墅。石崇与王恺争富，修筑了金谷别墅，即"金谷园"，又名"梓泽"。

（三）

原文

歌对舞，德对恩，犬马[1]对鸡豚[2]。
龙池对凤沼[3]，雨骤[4]对云屯[5]。
刘向阁[6]，李膺门[7]，唳[8]鹤对啼猿。
柳摇春白昼，梅弄月黄昏。
岁冷松筠[9]皆有节，春喧桃李本无言。
噪晚齐蝉[10]，岁岁秋来泣恨；啼宵蜀鸟[11]，年年春去伤魂。

注释

❶**犬马**：良狗名马，引申为玩好之物。《孟子·梁惠王下》："事之以犬马，不得免焉。"宋苏辙《历代论·汉昭帝》："小人先之，悦之以声色犬马，纵之以驰骋田猎。"另可作自谦之词，多用于对君王或主人。晋李密《陈情表》："臣不胜犬马怖惧之情，谨拜表以闻。"晋潘岳《西征赋》："犹犬马之恋主，窃托慕于阙庭。"亦可比喻奸佞小人。《后汉书·王符传》："一旦富贵，则背亲捐旧，丧其本心，疏骨肉而亲便辟，薄知友而厚犬马。"

❷**豚**：小猪，有时也泛指猪。

❸**龙池对凤沼**："龙池"和"凤沼"是古琴底的两个孔眼，上孔曰龙池，下孔曰凤沼。参见宋赵希鹄《洞天清录·古琴辨》："雷张制槽腹有妙诀，于琴底悉洼，微令如仰瓦，盖谓于龙池凤沼之弦，微令有唇，余处悉洼之。"《红楼梦》："虽不是焦尾枯桐，这鹤仙凤尾，还配得齐整；龙池雁足，高下还相宜。"亦可指

禁苑中的池沼。

❹**雨骤**：雨聚集的样子。唐吕令则《义井赋》："川流雨骤，车马于焉往来；风举云摇，帝王由兹行幸。"

❺**云屯**：如云之聚集，形容盛多。《后汉书·袁绍刘表传》："鱼汉舳，云屯冀马。"清吴伟业《杂感》："居庸千尺蓟门低，八部云屯散马蹄。"

❻**刘向阁**：刘向，西汉人，字子政，汉成帝时任光禄大夫。他曾带领一批人整理汉朝宫廷内部收藏的文献典籍，其校阅典籍的地方叫"天禄阁"，是朝廷藏书之所。

❼**李膺门**：李膺，东汉人，字元礼，桓帝时任司隶校尉。当时宦官专权，李膺与太学生首领郭泰联合起来反对，名气极大，太学生称"天下楷模李元礼"，以得到李膺的接见为荣，号为"登龙门"。

❽**唳**：形容鹤、雁等鸟高亢的鸣叫。

❾**筠**：竹子。

❿**齐蝉**：传说齐国的王后因与齐王斗气而死，死后变成蝉，飞到庭树上哀鸣，齐王听到后悔恨不已，故后人称蝉为"齐女"。

⓫**蜀鸟**：即杜鹃。相传古蜀国王杜宇，号望帝，失国而死，其魄化为杜鹃，日夜悲啼，泪尽继以血，哀鸣而终。后以杜鹃啼血比喻哀伤至极。唐白居易《琵琶行》："其间旦暮闻何物，杜鹃啼血猿哀鸣。"

扩展阅读

畏李校尉：李膺禀性孤傲清高，跟别人没有什么来往，只把同郡人荀淑、陈寔当成师友。李膺开始被举荐为孝廉，被司徒胡广征召任职，被推举为最优人才，又升任青州刺史。当地郡守县令畏惧他的威严英明，大多听到风声就弃官逃走。延熹二年李膺受征召，又调任河南尹。当时张朔担任野王县令，贪婪残暴没有仁道，以至于杀死孕妇，听说李膺特别威严，畏罪逃回京城，躲到哥哥张让家中，藏在空心柱里。李膺知道了他的情况，率领将官士卒砸破柱子抓住张朔，交付洛阳监狱，记下口供之后，立即杀了他。从此黄门常侍全都小心谨慎大气不敢出，休假也不敢走出宫廷。皇帝奇怪，问他们原因，他们全都叩头流泪说："害怕李校尉。"

桃李不言，下自成蹊：司马迁在为李广立传时称赞道："桃李不言，下自成蹊。"意思是说，桃李有着芬芳的花朵、甜美的果实，虽然它们不会说话，但仍然会吸引人们到树下赏花尝果，以至于树下都被踏出一条小路。李广就是以他的真诚和高尚的品质，赢得了人们的崇敬。

十四寒

（一）

原文

多对少，易对难，虎踞对龙蟠[1]。

龙舟[2]对凤辇[3]，白鹤对青鸾[4]。

风淅淅[5]，露泫泫[6]，绣毂[7]对雕鞍[8]。

鱼游荷叶沼，鹭立蓼[9]花滩。

有酒阮貂奚[10]用解，无鱼冯铗[11]必须弹。

丁固梦松[12]，柯叶忽然生腹上；文郎画竹[13]，枝梢倏尔[14]长毫[15]端。

注释

❶**虎踞对龙蟠**：踞，意为蹲坐。蟠，表示环绕、盘伏。晋张勃《吴录》记载，相传汉末刘备派诸葛亮前往金陵，对孙权说："秣陵地形，钟山龙蟠，石城虎踞，此帝王之宅。"

❷**龙舟**：天子所乘坐的船。《隋书·炀帝纪上》："上御龙舟，幸江都。"

❸**凤辇**：天子车驾。辇，古代用人拉着走的车子，后多指皇帝、皇后坐的车子。唐钱起《和李员外扈驾幸温泉宫》："未央月晓

度疏钟，凤辇时巡出九重。”

❹**青鸾**：传说中的神鸟，似凤，五色备举而多青，能传递信件，喜欢对镜起舞，故也用之代称镜子。唐皇甫枚《王知古》：“他日锦雉之衣欲解，青鸾之匣全开。”元王实甫《西厢记》：“我这里青鸾有信频须寄，你却休金榜无名誓不归。”亦可指皇帝车驾前的铃。《南齐书·武帝纪》：“鸣青鸾于东郊，冕朱纮而莅事。”

❺**淅淅**：象声词，风吹的声音。

❻**涛涛**：露水很多的样子。《诗经·郑风·野有蔓草》：“野有蔓草，零露涛兮。”唐许浑《酬康州韦侍御同年》：“桂楫美人歌木兰，西风袅袅露涛涛。”宋欧阳修《夜闻风声有感奉呈原父舍人圣俞直讲》：“清霜忽以飞，零露亦涛涛。”清陶元藻《夜行船》：“零露涛涛，飞萤个个，一碧天光如水。”

❼**绣毂**：雕有花纹的车子。毂，指车轮中心的圆木，周围与车辐的一端相接，中有圆孔，可以插轴。屈原《九歌·国殇》：“操吴戈兮被犀甲，车错毂兮短兵接。”引申代指车。《汉书·货殖传》：“转毂百数，贾郡国，无所不至。”

❽**雕鞍**：雕饰有精美图案的马鞍。

❾**蓼**：亦称“水蓼”，一年生草本植物，叶披针形；花小，白色或浅红色；果实卵形、扁平。茎叶味辛辣，可用以调味、入药。

❿**奚**：疑问代词，为什么。

⓫**冯铗**：“冯谖弹铗”之省称。铗，剑柄。

⓬**丁固梦松**：丁固有一天梦见肚子上长出松树，他给自己解梦，对人说：“松字，可以拆解成十、八、公，看来我十八年后要位列三公。”十八年后，他当上了司徒，果然与梦境相符合。后人遂用“丁固生松”“丁固梦松”比喻宦途通显。

⓭**文郎画竹**：宋代的文同，字与可，元丰年间曾任湖州太守，故也称“文湖州”。他擅长画山水和墨竹，曾说过：“画竹必

先胸有成竹。”

⑭**倏尔**：一下子、飞快地。

⑮**毫**：野兽之细毛，此处代指毛笔。

扩展阅读

金貂换酒：阮咸是“竹林七贤”之一，他的儿子阮孚特别好酒，在做安东参军时，整天在军中饮酒作乐，醉眼蒙眬，丝毫不把军务放在心上。皇帝派他去做车骑将军的长史，劝他少喝酒，他更是纵情狂饮，经常烂醉如泥，有时甚至用他的金饰和貂皮大衣去换酒喝。后人遂用“金貂换酒”表示名士耽酒、旷达傲世。见《晋书·阮孚传》：“孚字遥集……元帝以为安东参军。蓬发饮酒，不以王务婴心……尝以金貂换酒，复为所司弹劾，帝宥之。”

冯谖弹铗：战国时，齐人冯谖经人介绍，做了齐国之相孟尝君的食客。刚开始无人知道他的才干，所以待遇很差，冯谖就倚着柱子弹着自己的剑，唱道：“长剑我们回去吧！这里没有鱼吃。”左右的人把这事告诉了孟尝君。孟尝君说：“让他吃鱼，按照中等门客的待遇。”后来冯谖又弹了两次铗，孟尝君满足了他要求配车、奉养老母的愿望，冯谖也运用自己的智谋，使孟尝君在齐国的地位得到空前的巩固。见《战国策·齐策》。

（二）

原文

寒对暑，湿对干，鲁隐[1]对齐桓[2]。
寒毡[3]对暖席[4]，夜饮对晨餐。
叔子带[5]，仲由冠[6]，郏鄏[7]对邯郸[8]。
嘉禾[9]忧夏旱，衰柳耐秋寒。
杨柳绿遮元亮宅[10]，杏花红映仲尼坛[11]。
江水流长，环绕似青罗带[12]；海蟾轮满，澄明如白玉盘[13]。

注释

❶**鲁隐**：即鲁隐公，春秋时期鲁国的国君，为同父异母的弟弟鲁桓公所杀。

❷**齐桓**：即齐桓公，春秋时期齐国的国君，名小白，在争夺王位的斗争中，曾威逼鲁国杀死了他的哥哥公子纠。

❸**寒毡**：唐代郑虔为广文馆学士，仅寒毡一席。后用“寒毡”形容寒士清苦的生活。《新唐书·郑虔传》：“（郑虔）在官贫约甚，澹如也。杜甫尝赠以诗曰‘才名四十年，坐客寒无毡’云。”明王世贞《鸣凤记·拜谒忠灵》：“数载困寒毡，遭遇明扬简微贱。”

❹**暖席**：因久坐而留有体温的座席，指安坐闲居。《淮南子·修务训》：“孔子无黔突，墨子无暖席。”金元好问《看山》：“孔墨不暖席，盗跖华堂居。”清王图炳《咏史》：“洙泗无暖席，齐梁无停轨。”

❺ **叔子带**：羊祜，字叔子，晋代人。据说羊祜总管荆州军事十年，筹划灭吴，暗中屯田、储军备，积极做战争准备，表面上却身不披甲，轻裘缓带，和吴将陆抗经常来往，收买江汉一带及吴地的民心。

❻ **仲由冠**：仲由，字子路，孔子的学生。据《史记·仲尼弟子列传》："子路性鄙，好勇力，冠雄鸡，佩豭豚。"雄鸡、公猪都是好斗之物，所以子路喜欢佩带。

❼ **郏鄏**（jiárǔ）：地名，即周之洛邑。故地在今河南省洛阳市，东周有十二个王都定都于此。据《尚书·召诰》，西周的首都本在镐京（今陕西西安一带），周成王亲政之后，命周公营造洛邑，成王亦曾到洛邑接受各方诸侯朝见，称其为东都。后来，周平王宜臼为了躲避西北少数民族犬戎的侵害，正式迁都至洛邑，史称"东周"，这就是春秋时期的开始。

❽ **邯郸**：地名，故址在今河北省邯郸市一带。春秋时为卫地，后属晋，战国时为赵国的首都。

❾ **嘉禾**：生长奇异的禾，古人认为这是吉祥的征兆。后泛指生长茁壮的禾稻。《尚书·微子之命》："唐叔得禾，异亩同颖，献诸天子。王命唐叔，归周公于东，作《归禾》。周公既得命禾，旅天子之命，作《嘉禾》。"

❿ **杨柳绿遮元亮宅**：陶渊明的住宅绿柳成荫。

⓫ **杏花红映仲尼坛**：红艳的杏花掩映着孔子讲学的高台。

⓬ **江水流长，环绕似青罗带**：形容江水像青色的纱罗衣带。唐韩愈《送桂州严大夫同用南字》："江作青罗带，山如碧玉簪。"

⓭ **海蟾轮满，澄明如白玉盘**：古人认为月中有蟾蜍（见《淮南子·精神训》），而月亮是从海中升起，故以海蟾代指月亮。唐李白《古朗月行》："小时不识月，呼作白玉盘。又疑瑶台镜，飞在青云端。"

（三）

原文

横对竖，窄对宽，黑志对弹丸❶。

朱帘对画栋，彩槛对雕栏。

春既老，夜将阑，百辟❷对千官。

怀仁称足足❸，抱义美般般❹。

好❺马君王曾市骨，食猪处士❻仅思肝。

世仰双仙，元礼舟中携郭泰；❼人称连璧，夏侯车上并潘安❽。

注释

❶**黑志对弹丸**："黑志"也叫"黑子"，指人体上的黑痣；"弹丸"指弹弓射出的泥丸。二者皆指土地狭小。北周庾信《哀江南赋》形容梁元帝土地之小即言："地为黑子，城犹弹丸。"《宋史·赵普传》："宋太祖欲取太原，赵普曰：'候俟平诸国，弹丸黑志之地将何所避。'"

❷**百辟**：诸侯。《诗经·大雅·烝民》："王命仲山甫，式是百辟缵。"

❸**足足**：象声词，相传为雌凤鸣声，代指凤凰。《宋书·符瑞志中》："凤凰者，仁鸟也……雄曰凤，雌曰凰……其鸣，雄曰节节，雌曰足足。"

❹**般般**：形容身上有花纹的样子。"般般之兽"指麒麟。《史记·司马相如列传》："般般之兽，乐吾君囿，白质黑章，其仪可喜。"

❺**好**：爱好。

❻**处士**：有气节有才干但不出来做官的人。

❼**世仰双仙，元礼舟中携郭泰**：《后汉书·郭泰传》载，李元礼与郭泰都生得飘逸脱俗，有一次两人同船，观者以为是神仙，时号“李郭仙舟”。

❽**人称连璧，夏侯车上并潘安**：《世说新语·容止》载，晋代夏侯湛与潘岳是好友，都是美男子，常同车在京师行走，京师人称“连璧”。

扩展阅读

千金买骨：古代有个国君，花千金求购千里马，三年不得。后来有个打扫宫廷的人主动请缨，给他买了一个死马的头颅，人们通过这件事知道国君是真心想要买千里马，不到一年，国君就得到了三匹千里马。战国时，燕昭王想延揽人才，问郭隗该用什么办法。郭隗给他讲古代国君“千金买骨”的故事，并说：“大王果真想要招揽贤士，就先从我开始吧。我尚且被尊奉，何况胜过我的人呢?”于是昭王为郭隗专门建造房屋，并让郭隗作为自己的老师。别国的贤才听到此事，便纷纷来投奔燕国。见《战国策·燕策》。

闵仲叔：东汉人闵仲叔家贫，不能每天买肉吃，只好日买猪肝一片，屠夫有时嫌他买得太少而不肯卖给他。安邑县令听说后，下令要官吏每天买了送给他。闵仲叔觉得很奇怪，知道真相后感叹地说：“我闵仲叔难道能因为自己的口腹之欲而连累安邑的百姓吗?”说完就马上从安邑搬到沛县去了。见《后汉书·闵仲叔传》。

十五删

（一）

原文

兴对废，附对攀，露草[1]对霜菅[2]。
歌廉[3]对借寇[4]，习孔[5]对希颜[6]。
山垒垒[7]，水潺潺，奉璧[8]对探镮[9]。
礼由公旦作[10]，诗本仲尼删[11]。
驴困客方经灞水[12]，鸡鸣人已出函关[13]。
几夜霜飞，已有苍鸿辞北塞；数朝雾暗，岂无玄豹隐南山[14]。

注释

❶**露草**：沾有露水的草。唐李华《木兰赋》："露草白兮山凄凄，鹤既唳兮猿复啼。"

❷**霜菅**：经霜的芒麻草。

❸**歌廉**：歌颂廉范。廉范字叔度，赵国将军廉颇的后人，为官清廉，使蜀地百姓安居乐业，百姓用歌谣来表达对他的感激之情。见《后汉书·廉范传》："廉范字叔度，京兆杜陵人，赵将廉颇之后也。……百姓为便，乃歌之曰：'廉叔度，来何暮？不禁火，民安作。平生无襦今五袴。'"

❹**借寇**：寇，指汉朝寇恂。光武帝南征，寇恂跟随，直至颍川，

盗贼见寇恂到来，全部投降。光武帝所经之处，百姓纷纷遮道请求，说："愿从陛下复借寇君一年。"光武帝只好命寇恂暂驻长社县镇抚吏民。后以"借寇"表示地方上挽留官吏，含有对官吏政绩的赞美之意。

❺ **习孔**：学习孔子。

❻ **希颜**：仰慕颜回。

❼ **垒垒**：重叠、堆积。曹丕《善哉行》："还望故乡，郁何垒垒。"晋张载《七哀诗》："北邙何垒垒，高陵有四五。"

❽ **奉璧**：参见卷上《六鱼（一）》"奉璧蔺相如"注。后世以"归赵""奉璧"比喻原物归还。明凌濛初《初刻拍案惊奇》："老兄不必着慌！银子是小弟拾得在此，自当奉璧。"清文康《儿女英雄传》："这还了得！这个大柬断不敢当，奉璧！奉璧！"

❾ **探镮**：泛指环形物。羊祜五岁时，有一天向乳母讨取一只金环，说是自己以前玩过，现在不知放在哪里。乳母说："少爷以前并没有玩过什么金环呀。"小羊祜心里一愣，忽然像记起什么似的，就往门外走去，一直走到邻居李家东面矮墙外的桑树跟前，竟然在桑树洞里找出了一只金环。李家主人看到这一幕，非常吃惊："这金环就是我几年前死去的儿子丢失的，怎么在你手里？"乳母就把事情经过告诉李家主人，李家主人不禁悲痛莫名，长叹不已。远近居民知道了这件事，也觉得很神奇，认为李家儿子就是羊祜的前身。见《晋书·羊祜传》。

❿ **礼由公旦作**："公旦"指周公旦，据说他制礼作乐。

⓫ **诗本仲尼删**：据说《诗经》原本三千余篇，孔子删为三百零五篇。

⓬ **驴困客方经灞水**：传说唐朝诗人孟浩然雪中骑驴，至灞水寻梅。

⓭ **鸡鸣人已出函关**：秦国规定过函谷关要等待鸡鸣之后，孟尝君夜至函谷关时不能通行。一行人之中有善学鸡叫者，学鸡叫后众鸡响应，于是得以顺利过关。

⑭ **玄豹隐南山**：汉刘向《列女传·陶答子妻》："妾闻南山有玄豹，雾雨七日而不下食者，何也？欲以泽其毛而成文章也，故藏而远害。"后因以"豹隐"比喻洁身自好，隐居不仕。

（二）

原文

犹对尚，侈❶对悭❷，雾髻❸对烟鬟❹。

莺啼对鹊噪，独鹤对双鹇❺。

黄牛峡❻，金马山❼，结草❽对衔环❾。

昆山❿惟玉集，合浦⓫有珠还。

阮籍旧能为眼白⓬，老莱⓭新爱着衣斑。

栖迟⓮避世人，草衣木食；窈窕倾城女，云鬓花颜。

注释

❶**侈**：奢侈，浪费。《荀子·王霸》："四方之国有侈离之德则必灭。"宋司马光《训俭示康》："以侈自败者多矣。"

❷**悭**：小气、吝啬。

❸**髻**：盘在头顶或脑后的发结。

❹**鬟**：古代妇女梳的环形发卷。唐杜甫《月夜》："香雾云鬟湿，清辉玉臂寒。"唐杜牧《阿房宫赋》："绿云扰扰，梳晓鬟也。"

❺**鹇**：鸟名，尾长，雄的背为白色，有黑纹，腹部蓝黑色；雌的全身棕绿色。是世界有名的观赏鸟。

❻**黄牛峡**：在湖北省宜昌市西，又名"黄牛山"。

❼**金马山**：在四川成都府崇宁县（今成都市郫都区），上有金马碧鸡神祠。

❽**结草**：传说魏武子有个爱妾，魏武子生病时，吩咐儿子魏颗说："等我死去以后，一定要嫁了她。"但后来他病危时，又说：

"一定要让她殉葬!"等到魏武子死后，魏颗把她嫁了出去，说："我爸爸病重了就神志不清，我听从他清醒时候的话。"后来秦晋辅氏之战，魏颗与秦将杜回相遇，魏颗突然看到一个老人把草打成结来拦截杜回。杜回绊倒在地，魏颗俘虏了他。夜里魏颗梦见老人说："我是那个小妾的父亲，特意来报答你。"见《左传·宣公十五年》。后用"结草"比喻死后报恩。晋李密《陈情表》："臣生当陨首，死当结草。"

⑨ **衔环**：常与"结草"合用，比喻感恩报德。传说东汉名臣杨震的父亲杨宝曾救助过一只黄雀，黄雀飞走后，有一黄衣童子送来四枚白玉环，并说："我是西王母的使者，谢谢您救了我！这玉环可保佑您的子孙位列三公，为政清廉，处世行事像玉环一样洁白无瑕。"后来果如黄衣童子所言，杨宝的儿子杨震、孙子杨秉、曾孙杨赐、玄孙杨彪四代都官至太尉，而且都刚正不阿、为政清廉，他们的美德为后人传颂。见《后汉书·杨震传》。

⑩ **昆山**：即昆仑山，古代产玉之地。

⑪ **合浦**：汉代郡名，在今广西壮族自治区合浦县，古代珍珠产地。

⑫ **阮籍旧能为眼白**：阮籍能以"青白眼"看人，见那些凡俗之人都以白眼，以示鄙薄厌恶。详见卷上《四支（三）》"青眼"注。

⑬ **老莱**：即老莱子。春秋时期楚国隐士，为躲避世乱，自耕于蒙山南麓。他孝顺父母，用美味供奉双亲，七十岁还经常穿着五色彩衣，手持拨浪鼓，如小孩子般戏耍，以博父母开怀。一次他为双亲送水，进屋时跌了一跤，怕父母伤心，索性躺在地上学小孩子哭，二老大笑。后世遂以"戏彩娱亲"比喻孝养父母。《幼学琼林》："戏彩娱亲，老莱子之孝。"

⑭ **栖迟**：游息，比喻过简朴的生活。《诗经·陈风·衡门》："衡门之下，可以栖迟。"

扩展阅读

合浦珠还：比喻人去而复回或物失而复得。东汉时，合浦的宰守官吏大多是贪婪污浊之人，巧立名目让老百姓采集珍珠，于是珠贝都迁往临近的交趾海域。有一个叫孟尝的人当上合浦太守之后，革除先前的弊政，为民众谋求利益。还没有一年，原来离开的珠贝全都返回合浦海域，百姓也都回归以前的旧业，商货又流通起来，孟尝被百姓誉为神明之人。见《后汉书·循吏传》。

（三）

原文

姚对宋[1]，柳对颜[2]，赏善对惩奸。

愁中对梦里，巧慧对痴顽。

孔北海[3]，谢东山[4]，使越对征蛮。

淫声闻濮上[5]，离曲听阳关[6]。

骁将袍披仁贵白[7]，小儿衣着老莱斑。

茅舍无人，难却尘埃生榻上；竹亭有客，尚留风月在窗间。

注释

❶ **姚对宋**："姚"和"宋"分别指唐代名相姚崇、宋璟。唐玄宗执政时期，先后任用二人为相，他们为开元盛世的形成做出了杰出贡献，并称为"姚宋"。唐元稹《连昌宫词》："姚崇宋璟作相公，劝谏上皇言语切。燮理阴阳禾黍丰，调和中外无兵戎。"宋司马光《资治通鉴》："姚崇尚通，宋璟尚法。"

❷ **柳对颜**："柳"和"颜"分别指唐代书法家柳公权与颜真卿。二人同列"楷书四大家"（另两位是欧阳询、赵孟頫），并称"颜柳"。颜真卿的书法筋力丰满、气派雍容，柳公权的书法则骨力劲健、棱角分明，故而人称"颜筋柳骨"。

❸ **孔北海**：孔融，字文举，东汉人。孔子二十世孙，官至北海相，故时称孔北海。

❹ **谢东山**：谢安，号东山，东晋名士。谢安曾辞官隐居会稽东山，后来又出山做了大官。见《晋书·谢安传》。后以"东山再起"

指退隐复仕或失势后重新得势。

❺**濮上**：濮水之滨。春秋时期这里以侈靡之乐闻名，传说“濮上之音”是商纣王所听的靡靡之音。

❻**阳关**：古丝绸之路上的重要关隘，在玉门关之南。唐王维《送元二使安西》：“劝君更尽一杯酒，西出阳关无故人。”后人亦用“阳关”指古琴曲《阳关三叠》。

❼**骁将袍披仁贵白**：唐朝大将薛仁贵常穿白袍，号称“白袍将军”。

卷下

卷下

一先

（一）

原文

晴对雨，地对天，天地对山川。
山川对草木，赤壁[1]对青田[2]。
郏鄏鼎[3]，武城弦[4]，木笔[5]对苔钱[6]。
金城[7]三月柳，玉井[8]九秋[9]莲。
何处春朝风景好，谁家秋夜月华圆。
珠缀花梢[10]，千点蔷薇[11]香露；练横树杪[12]，几丝杨柳残烟。

注释

❶**赤壁**：东汉建安十三年(208)，孙刘联军大败曹操于赤壁。然而“赤壁之战”的真实地点历来说法不一，尚无定论。目前主要有二说：一是今湖北省武汉市江夏区赤矶山，二是今湖北省赤壁市西北赤壁镇北赤壁山。而另一处比较有名的“赤壁”是湖北省黄冈市的赤鼻矶，是苏轼《赤壁赋》所咏之地，号称“东坡赤壁”。

❷**青田**：山名，在浙江省青田县西北境。山有泉石之胜，为道教所称的“三十六洞天”之一。素以青田石、青田鹤闻名，故亦可代称鹤。唐王勃《上武侍极启》：“驰魂雾谷，忻逢紫岫之英；

驿思霞丘，伫接青田之响。”宋文同《李生画鹤》：“昂昂青田姿，杳杳在轻素。一身万里意，双目九霄顾。”明何景明《画鹤篇》：“昔闻少保写青田，古墨千年人不传。”

❸ **郏鄏鼎**：《左传·宣公三年》：“成王定鼎于郏鄏。”（杨伯峻注：“郏鄏即桓七年《传》之郏，周之王城，汉之河南，在今洛阳市。”）明陈子龙《送张玉笥中丞擢河道少司空随召陛见》：“周室保厘分郏鄏，汉家底绩念宣房。”清魏源《观往吟》：“祈天承命郏鄏鼎，子胥范增见何隘！”

❹ **武城弦**：孔子的学生子游在武城当地方官，孔子到武城时，听到弦歌之声，孔子说这是杀鸡用牛刀，小题大做。子游解释说：“我听您说过，君子学了道就会仁爱，小人学了道就容易指挥。”孔子认为子游说得对，就承认之前的话是开玩笑。后以“武城弦”指礼乐教化。唐高适《遇卢明府有赠》：“谁能奏明主，一试武城弦。”

❺ **木笔**：树木名，即辛夷。其花未开时，花苞有毛，像毛笔的笔尖。唐白居易《营闲事》：“暖变墙衣色，晴催木笔花。”宋陆游《幽居初夏》：“箨龙已过头番笋，木笔犹开第一花。”元戴表元《林村寒食》：“出门杨柳碧依依，木笔花开客未归。”

❻ **苔钱**：生成圆形如点的苔藓。南朝梁刘孝威《怨诗》：“丹庭斜草径，素壁点苔钱。”宋司马光《和复古小园书事》：“东家近亦富，满地布苔钱。”清金农《寄闵八》：“简雨疏风草堂闭，定知一夕长苔钱。”

❼ **金城**：今江苏句容境内，东晋置琅邪郡治。《晋书·桓温传》记载，桓温年轻时任琅邪内史，在这里种过柳树，三十多年后，他领兵北伐，再次路过金城，看到当年的柳树已经长得非常茁壮，于是慨然叹道：“木犹如此，人何以堪？”后来“金城柳”就成为形容世事兴废的典故。宋李清照《上枢密韩公工部尚书胡公》：“勿勒燕然铭，勿种金城柳。”

❽**玉井**：传说西岳华山主峰太华山上有玉井，产白莲，形大如船。韩愈《古意》：“太华峰头玉井莲，花开十丈藕如船。”元史九敬先《庄周梦》：“飞身到太华峰，看白莲开玉井。”《水浒传》：“傍人遥指，云池深内藕如船；故老传闻，玉井水中花十丈。”

❾**九秋**：指九月深秋。晋张协《七命》：“晞三春之溢露，溯九秋之鸣飙。”南朝宋谢灵运《善哉行》：“三春燠敷，九秋萧索。”唐杜甫《月》：“斟酌姮娥寡，天寒奈九秋。”元无名氏《看钱奴》：“为甚么桃花向三月奋发、菊花向九秋开罢?”

❿**花梢**：花木的枝梢。五代王仁裕《开元天宝遗事·花上金铃》：“至春时，于后园中纫红丝为绳，密缀金铃，系于花梢之上。每有乌鹊翔集，则令园吏掣铃索以惊之。”宋辛弃疾《东坡引》：“花梢红未足，条破惊新绿，重帘下遍阑干曲。”明谢谠《四喜记·花亭佳偶》：“燕语花梢，花底黄鹂声更娇。”

⓫**蔷薇**：植物名，亦指这种植物的花。南朝梁江洪《咏蔷薇》：“当户种蔷薇，枝叶太葳蕤。”唐韩愈《游城南十六首·题于宾客庄》：“榆荚车前盖地皮，蔷薇蘸水笋穿篱。”

⓬**树杪**（miǎo）：指树梢。《陈书·儒林传·王元规》：“元规自执楫棹而去，留其男女三人，阁于树杪。”唐王维《送梓州李使君》：“山中一夜雨，树杪百重泉。”

（二）

原文

前对后，后对先，众丑对孤妍[1]。

莺簧[2]对蝶板[3]，虎穴[4]对龙渊[5]。

击石磬[6]，观韦编[7]，鼠目[8]对鸢肩[9]。

春园花柳地，秋沼芰荷天。

白羽[10]频挥闲客坐，乌纱[11]半坠醉翁眠。

野店几家，羊角[12]风摇沽酒旆[13]；长川一带，鸭头[14]波泛卖鱼船。

注释

❶**孤妍**：独秀的花，亦借指俊才。宋陈与义《清平乐·木犀》："楚人未识孤妍，《离骚》遗恨千年。"

❷**莺簧**：黄莺的鸣声，声如笙簧奏乐一般悦耳。唐温庭筠《舞衣曲》："蝉衫麟带压愁香，偷得莺簧锁金缕。"宋欧阳修《奉酬长文舍人出城见示之句》："清浮酒蚁醅初拨，暖入莺簧舌渐调。"清陈维崧《琐窗寒·初春和云臣韵》："莺簧生涩，不似旧时淹润。"

❸**蝶板**：蝴蝶振动两翅，犹如拍板。

❹**虎穴**：老虎洞穴。喻危险之地。

❺**龙渊**：深渊。古人认为其中藏有蛟龙。《尸子》："清水有黄金，龙渊有玉英。"汉扬雄《甘泉赋》："漂龙渊而还九垠兮，窥地底而上回。"唐刘禹锡《伤我马》："金台已平骨空朽，投之龙渊从

尔友。”清曹寅《东城泛舟至斋僧馆》：“清吟御龙渊，狂笑脱狗呰。”“龙渊”也称“龙泉”，古剑名。《战国策·韩策一》：“邓师、宛冯、龙渊、太阿，皆陆断马牛，水击鹄雁，当敌即斩坚。”“邓师”“宛冯”“龙渊”“太阿”都是古代宝剑名。

❻**石磬**：石头制成的古代打击乐器，形状像曲尺，可悬挂。孔子曾在卫国击磬，有个隐者从磬声中听出了孔子的心事。《论语·宪问》：“子击磬于卫。有荷蒉而过孔氏之门者，曰：‘有心哉，击磬乎！’”

❼**韦编**：用熟牛皮绳把竹简编缀起来。《史记·孔子世家》：“孔子晚而喜《易》……读《易》，韦编三绝。”韦编三绝，形容好学不倦，勤奋用功。三，概数，表示多次；绝，断。《抱朴子外篇·自叙》：“圣者犹韦编三绝，以勤经业。”《汉书·儒林传序》：“盖晚而好《易》，读之韦编三绝，而为之传。”

❽**鼠目**：形容人眼睛小而外突，面貌丑陋。《新唐书·李揆传》：“龙章凤姿士不见用，獐头鼠目子乃求官邪？”亦形容人眼光短浅、识见狭小，例如成语“鼠目寸光”。

❾**鸢肩**：肩膀上耸，像鹰鸢栖止时的样子。比喻人的形象凶狠。《后汉书·梁翼传》：“为人鸢肩豺目。”

❿**白羽**：白色羽毛制的扇子。

⓫**乌纱**：黑色纱制的帽子。多用作官吏服饰。

⓬**羊角**：指旋转上升的旋风。

⓭**沽酒旆**：指酒幌。沽酒，买酒或卖酒。旆，旌旗。

⓮**鸭头**：形容水色深绿。唐李白《襄阳歌》：“遥看汉水鸭头绿，恰似葡萄初酦醅。”

扩展阅读

不入虎穴，焉得虎子：不进老虎窝，怎能捉到小老虎？比喻不亲身经历险境就不能获得成功。今也用来比喻不经历最艰苦的实践，就不能取得真知。《后汉书·班超传》：“超曰：‘不入虎穴，不得虎子。’”《三国演义》：“不入虎穴，焉得虎子！身先士卒，古之名将皆然。”明罗懋登《三宝太监西洋记通俗演义》：“不入虎穴，焉得虎子？我与汝等来到此地，若得成功，富贵共之。”

（三）

原文

离对坎，震对乾[1]，一日对千年。

尧天[2]对舜日，蜀水对秦川[3]。

苏武节[4]，郑虔毡[5]，涧壑对林泉。

挥戈能退日[6]，持管莫窥天[7]。

寒食[8]芳辰[9]花烂漫，中秋佳节月婵娟[10]。

梦里荣华，飘忽枕中之客；壶中日月，安闲市上之仙。

注释

❶ **离对坎，震对乾**："离""坎""震""乾"都是八卦名称，分别象征火、水、雷、天。

❷ **尧天**：尧能效法上天而行教化，后世以"尧天"称颂帝王盛德和太平盛世。《论语·泰伯》："巍巍乎，唯天为大，唯尧则之。"唐杜审言《蓬莱三殿侍宴奉敕咏终南山应制》："小臣持献寿，长此戴尧天。"明王錂《春芜记·宸游》："主公统绍千春，名高三郢，山河鼎盛，寰宇恩敷，正宜招寻胜地，共乐尧天。"清方文《送缪湘芷水部北上》："尧天有宿归郎署，虞部无钱付酒家。"

❸ **秦川**：古地区名。泛指今陕西、甘肃的秦岭以北平原地带，因春秋、战国时地属秦国而得名。

❹ **苏武节**：指苏武出使匈奴时所持的符节，是忠贞气节的象征。参见卷上《一东（一）》扩展阅读"鸿雁传书"条目。

❺**郑虔毡**：郑虔，唐朝人，才学出众，其诗、书、画被唐玄宗誉为“郑虔三绝”。他名声极大，为官却极为节俭清贫。唐杜甫《戏简郑广文虔兼呈苏司业源明》：“才名四十年，坐客寒无毡。”后来便以“郑虔毡”形容声望很高但生活清贫。

❻**挥戈能退日**：传说春秋时候，楚国的鲁阳公率军与韩国交战，眼看太阳就要落山，鲁阳公举起长戈向日挥舞，阻止太阳西下，太阳又缓缓升了起来。后世用“鲁阳挥戈”指力挽危局。见《淮南子·览冥训》。

❼**持管莫窥天**：“持管窥天”指通过竹管看天，比喻见识狭隘或看待事物具有片面性。出自《庄子·秋水》：“是直用管窥天，用锥指地也，不亦小乎?”

❽**寒食**：节日名，在清明前一二日，按习俗，此日要禁火，只能吃冷的食物。据民间传说是纪念春秋时期晋国介之推的节日，因介之推于山中抱树焚死，故这天不能生火。

❾**芳辰**：美好的时辰。

❿**婵娟**：美好的样子。

扩展阅读

黄粱一梦：比喻虚幻不能实现的梦想，或者如梦一般的荣华富贵，短促而虚幻。事见唐沈既济《枕中记》。唐开元七年，一个姓卢的书生进京赶考，结果功名不就，垂头丧气。一天，卢生在邯郸的客店里遇见了修习神仙术的道士吕翁，他说出自己的遭遇，吕翁便拿出一个瓷枕头让他枕上。卢生枕在瓷枕上，一入梦乡便娶了美丽温柔、出身高贵的妻子，中了进士，一路升官，最后被封为燕国公。他的五个孩子也高官厚禄，嫁娶高门。卢生儿孙满堂，享尽荣华富贵，八十岁时病逝。卢生在梦中过完了圆满的一生，醒来左右一看，一切如故，吕翁仍坐在旁边，店主人蒸的黄粱饭还没熟。

悬壶济世：中医把行医称作“悬壶”，“济世”指治病救人。据《后汉书·方术列传》，东汉时有个叫费长房的人，一日，他在酒楼喝酒解闷，偶见街上有一卖药的老翁，悬挂着一个药葫芦兜售膏药。卖了一阵儿，街上行人渐渐散去，老翁就悄悄钻入了葫芦之中。费长房看得真切，断定这位老翁绝非等闲之辈。他买了酒肉，恭恭敬敬地拜见老翁。老翁知他来意，领他一同钻入葫芦中。他睁眼一看，只见雕梁画栋，富丽堂皇，奇花异草，宛若仙山琼阁，别有洞天。后来，费长房随老翁十余日，学得方术，临行前老翁送他一根竹杖，骑上如飞。费长房返回故里时发现已经过了十多年，家人都以为他死了。从此，费长房能治百病、驱瘟疫，起死回生。

二萧

（一）

原文

恭[1]对慢[2]，吝对骄，水远对山遥。
松轩[3]对竹槛[4]，雪赋[5]对风谣[6]。
乘五马[7]，贯双雕[8]，烛灭对香消[9]。
明蟾[10]常彻夜[11]，骤雨不终朝[12]。
楼阁天凉风飒飒[13]，关河[14]地隔雨潇潇[15]。
几点鹭鸶，日暮常飞红蓼[16]岸；一双鸂鶒[17]，春朝频泛绿杨桥。

注释

❶**恭**：恭敬。
❷**慢**：轻慢、轻忽、看不起对方。
❸**松轩**：植有松树的住所。轩，有窗的长廊或小屋。南朝齐萧子良《游后园》："萝径转连绵，松轩方杳蔼。"唐温庭筠《题陈处士幽居》："松轩尘外客，高枕自萧疏。"
❹**竹槛**：竹栏杆。宋周邦彦《拜星月慢·秋思》："夜色催更，清尘收露，小曲幽坊月暗。竹槛灯窗，识秋娘庭院。"
❺**雪赋**：南朝宋文学家谢惠连作有《雪赋》。谢惠连是谢灵运的族弟，他十岁能作文，深得谢灵运赏识。《诗品》引《谢氏家录》

称："康乐每对惠连，辄得佳语。"据说谢灵运《登池上楼》中的名句"池塘生春草"就是因在梦中见到谢惠连而写出来的。

❻ **风谣**：泛指反映风土民情的歌谣。

❼ **五马**：太守的代称。宋彭乘《墨客挥犀》："古乘驷马车，至汉时，太守出，则增一马。"是说古代一辆车配四匹马，太守出行可增加一马，故以"五马"代指太守。

❽ **贯双雕**：北周长孙晟善于射箭，曾用一箭射中两只雕，比喻一次举动便可达到双倍效果。《野叟曝言》："一箭双雕认嫦娥，便不辜负秋风也。"

❾ **烛灭对香消**："烛灭"和"香消"都指人死去之意。"香消"一般专指女子去世，"烛灭"则男女通用。

❿ **明蟾**：古代神话称月中有蟾蜍，后以"明蟾"为月亮的代称。唐舒元舆《坊州按狱苏氏庄记室二贤自鄜州走马相访》："阳乌忽西倾，明蟾挂高枝。"明刘基《次韵和十六夜月再次韵》："永夜凉风吹碧落，深秋白露洗明蟾。"

⓫ **彻夜**：整夜，一夜。

⓬ **终朝**：整天。晋陆机《答张悛》："终朝理文案，薄暮不遑暝。"唐杜甫《冬日有怀李白》："寂寞书斋里，终朝独尔思。"

⓭ **飒飒**：象声词，形容风吹动树木枝叶等的声音。

⓮ **关河**：关塞、关防，泛指山河。宋柳永《八声甘州》："渐霜风凄紧，关河冷落，残照当楼。"

⓯ **潇潇**：形容雨落的声音。

⓰ **红蓼**：植物名，多生水边，花呈淡红色。

⓱ **㶉鶒**（xī chì）：一种像鸳鸯的水鸟。

（二）

正文

开对落，暗对昭，赵瑟[1]对虞韶[2]。

轺车[3]对驿骑[4]，锦绣对琼瑶[5]。

羞攘臂[6]，懒折腰[7]，范甑[8]对颜瓢[9]。

寒天鸳帐[10]酒，夜月凤台箫[11]。

舞女腰肢杨柳软，佳人颜貌海棠娇。

豪客寻春，南陌草青香阵阵；闲人避暑，东堂蕉绿影摇摇。

注释

❶**赵瑟**：瑟是一种弹奏类的弦乐器，战国时赵地有鼓瑟的传统，所以称“赵瑟”。《史记·廉颇蔺相如列传》：“秦王饮酒酣曰：‘寡人窃闻赵王好音，请奏瑟。’”

❷**虞韶**：即韶乐，是上古时期诗乐舞结合的表演形式。相传韶乐是舜帝创作的，舜帝是有虞氏的后代，称“虞舜”，所以韶乐又称“虞韶”。

❸**轺（yáo）车**：一马驾的轻便小车，也可指代使者。《晋书·舆服志》：“轺车，古之时军车也。一马曰轺车，二马曰轺传。”《史记·季布栾布列传》：“朱家乃乘轺车之洛阳，见汝阴侯滕公。”唐王昌龄《送郑判官》：“东楚吴山驿树微，轺车衔命奉恩辉。”明朱鼎《玉镜台记·南北凯旋》：“轺车日夜纷来往，驲使奔忙赖脚跟。”

❹**驿骑**：驿马。古代用于传递情报、运送物资的马匹。宋苏辙

《次韵子瞻和渊明饮酒》:“边候失晨夜，驿骑驰中涂。”明何景明《鲥鱼》:“白日风尘驰驿骑，炎天冰雪护江船。”清吴兆骞《出关》:“边楼回首削嶙峋，筚篥喧喧驿骑尘。”亦可引申指乘马送信、传递公文的人。唐刘禹锡《平齐行》:“驿骑函首过黄河，城中无贼天气和。”

❺**琼瑶**:美丽的玉石。《诗经·卫风·木瓜》:“投我以木桃，报之以琼瑶。”《南史·邓郁传》:“色艳桃李，质胜琼瑶。”《西游记》:“身居锦绣心无爱，足步琼瑶意不迷。”也可比喻酬谢的礼物或投赠的诗文、书信等。唐刘禹锡《酬太原令狐相公见寄》:“书信来天外，琼瑶满匣中。”还可用以比喻似玉的雪。《镜花缘》:“只见朔风凛凛，冷气嗖嗖，却已琼瑶密布，飘下一天雪来。”

❻**羞攘臂**:指冯妇攘臂下车搏虎为士人所笑的典故。攘臂，捋起袖子。详见卷上《二冬(一)》“冯妇虎”注。

❼**懒折腰**:指陶渊明不愿为五斗米折腰。

❽**范甑**:范丹家贫，无米可炊以致锅中积灰。代指贫困而有操守的贤士。

❾**颜瓢**:颜回用来喝水的瓢。代指安贫乐道的生活态度。

❿**鸳帐**:绣有鸳鸯的帐幕。

⓫**凤台箫**:见卷上《八齐(三)》“萧史”注。

（三）

正文

班[1]对马[2]，董[3]对晁[4]，夏昼对春宵。

雷声对电影，麦穗对禾苗。

八千路[5]，廿四桥[6]，总角[7]对垂髫[8]。

露桃匀嫩脸，风柳舞纤腰。

贾谊赋成伤鹏鸟[9]，周公诗就托鸱鸮[10]。

幽寺寻僧，逸兴[11]岂知俄尔[12]尽；长亭[13]送客，离魂不觉黯然[14]消。

注释

❶**班**：指东汉史学家班固。班固继承父志，历尽磨难，经二十余年写成《汉书》。

❷**马**：指西汉史学家司马迁。他的《史记》是我国第一部纪传体史书。

❸**董**：指西汉儒家学派代表董仲舒。

❹**晁**：指西汉政治家晁错。汉文帝、汉景帝时，晁错多次提出自己的治国主张，深得国君信任。后因为主张削弱诸侯力量、加强中央权力，触犯了各诸侯国的利益，吴楚等七国诸侯便以“诛晁错，清君侧”为借口起兵造反，晁错被杀。董仲舒、晁错这两人都博通经籍。

❺**八千路**：八千里路，形容路途遥远。唐韩愈《左迁至蓝关示侄孙湘》：“一封朝奏九重天，夕贬潮阳路八千。”

❻**廿四桥**：又叫“二十四桥”，在扬州，是当地名胜。唐杜牧《寄扬州韩绰判官》：“二十四桥明月夜，玉人何处教吹箫？”

❼**总角**：代指年幼之时。古代男女未成年时，将头发束为两股，分置两旁，形状像角，故称“总角”。《诗经·齐风·甫田》：“婉兮娈兮，总角丱兮。”晋陶渊明《荣木》：“总角闻道，白首无成。”

❽**垂髫**（tiáo）：也叫“垂发”，代指儿童或童年之时。古代儿童不束发，头发下垂，故称“垂髫”。晋陶渊明《桃花源记》：“黄发垂髫，并怡然自乐。”清蒲松龄《聊斋志异·画壁》：“生视女，髻云高簇，鬟凤低垂，比垂髫时尤艳绝也。”

❾**鹏鸟**：传说中一种不吉祥的鸟。贾谊担任长沙王太傅，有只鹏鸟停在他家房屋上，当地传说鹏鸟停在哪家，哪家的主人就会死，贾谊为了排遣担忧而写了《鹏鸟赋》。

❿**鸱鸮**（chīxiāo）：猫头鹰。古人认为它是不吉祥的恶鸟。传说周武王死后，其子成王即位，周公摄政，武王的弟弟们散布谣言，说周公想篡权谋反。周公说：“我如不暂时掌握政权，天下就会大乱，我无法向死去的先王先公交代，我宁可灭掉你们，也不能让周朝的天下毁掉。”于是周公发动东征，消灭了武王那几个造谣叛乱的弟弟，并作《鸱鸮》一诗向周成王表白自己的忠心：“鸱鸮鸱鸮，既取我子，无毁我室。”这首诗被收录在《诗经·豳风》里。

⓫**逸兴**：清逸脱俗的兴致。

⓬**俄尔**：忽然，顷刻，一下子。

⓭**长亭**：秦汉五里设一短亭，十里设一长亭，作为行人休息或送别饯行之所，后以“长亭”代指送别之处。

⓮**黯然**：很沮丧的样子。南朝梁江淹《别赋》：“黯然销魂者，唯别而已矣。”

扩展阅读

古人关于年龄的雅称：

总角、垂髫、孩提、黄口、髫年：用以表示童年。

舞勺之年：男子13至15岁。

束发：男孩15岁束发为髻。

舞象之年：男子15至20岁。

弱冠之年：男子20岁行冠礼，表示成年。

金钗之年：女孩12岁。

豆蔻年华：女孩13岁。

及笄之年：女子15岁，表示成年。

待年、待字、摽梅之年：女子待嫁的年龄。

碧玉年华、桃李年华、花信年华：分别表示女子16岁、20岁、24岁。

而立之年、不惑之年、天命之年、耳顺之年：分别代表30岁、40岁、50岁、60岁。出自《论语·为政》："吾十有五而志于学，三十而立，四十而不惑，五十而知天命，六十而耳顺。"此外60岁还可以用"花甲"来表达，因为中国古代干支纪年的历法60年一循环，干支名号错综参互，故称"花甲"。

古稀之年：指70岁。

杖朝之年：指80岁。《礼记》中说古人80岁可以拄着拐杖出入朝廷。

黄发、鲐背、耄耋：均指老人长寿，其中"鲐背"一般指90岁。

期颐之年：指100岁。

三肴

（一）

原文

风对雅[1]，象对爻[2]，巨蟒对长蛟。
天文对地理，蟋蟀对螵蛸[3]。
龙夭矫[4]，虎咆哮，北学对东胶[5]。
筑台须垒土，成屋必诛茅[6]。
潘岳[7]不忘秋兴赋，边韶[8]常被昼眠嘲。
抚养群黎，已见国家隆治[9]；滋生万物，方知天地泰交[10]。

注释

❶**风对雅**:《诗经》分为风、雅、颂三部分。

❷**象对爻**（yáo）:“象”和“爻”都是《周易》中的术语。“象”即卦象，“爻”即组成卦的符号。

❸**螵蛸**（piāoxiāo）：螳螂的卵块，此处代指螳螂。

❹**夭矫**：伸展自如、强健有力的样子。晋郭璞《江赋》:“抚凌波而凫跃，吸翠霞而夭矫。”

❺**北学对东胶**:“北学”和“东胶”都是周代高等学府的名称，相当于“太学”。

❻**诛茅**：芟除茅草。引申为结庐安居。南朝梁沈约《郊居赋》:“或

诛茅而剪棘，或既西而复东。”明汪廷讷《狮吼记·谈禅》：“他风流慷慨世间稀，选胜诛茅堂构美。”

❼**潘岳**：西晋文学家，字安仁，他的诗赋文章辞藻艳丽。《秋兴赋》是潘岳因秋日肃杀天气的到来有所感怀而写下的文章。

❽**边韶**：东汉经学家，字孝先，才思敏捷，出口成章，以文学知名，曾教授生徒数百人。

❾**隆治**：大治，盛世。《东周列国志》：“於赫宣王，令德茂世。威震穷荒，变消鼎雉。外仲内姜，克襄隆治。”

❿**天地泰交**：语出《易经·泰》：“天地交，泰。”天地之气相交，物得大通。后以“泰交”指上下不隔，互通声气。《明史·余珊传》：“由是大臣顾望，小臣畏惧，上下乖戾，浸成睽孤，而泰交之风息矣。”

扩展阅读

大腹便便：边韶有一次白天打瞌睡，他的学生私底下嘲笑他说：“边韶这个大肚子的家伙，不愿意读书，只想着睡觉。”他听说这件事后回答说：“我的肚子肥大，里面装的全是知识，看着是在睡觉，其实是在想书中的道理，在梦中和周公、孔子交流。哪本书告诉你们，学生可以嘲笑老师？”见《后汉书·文苑传》。

(二)

原文

蛇对虺[1]，蜃[2]对蛟[3]，麟薮[4]对鹊巢[5]。
风声对月色，麦穗对桑苞[6]。
何妥[7]难[8]，子云嘲[9]，楚甸[10]对商郊。
五音[11]惟耳听，万虑[12]在心包。
葛[13]被汤征因仇饷[14]，楚遭齐伐责[15]包茅[16]。
高矣若天[17]，洵[18]是圣人大道；淡而如水，实为君子神交[19]。

注释

❶虺（huǐ）：古称蝮蛇一类的毒蛇，也可指蜥蜴。
❷蜃：古代传说中的海怪，似大蛤蜊。
❸蛟：古代传说中一种能引发洪水的龙。
❹麟薮（sǒu）：神兽麒麟聚居的地方。薮，湖泽的通称，也指水少而草木茂盛的沼泽。
❺鹊巢：《毛诗序》："鹊巢，夫人之德也。国君积行累功以致爵位，夫人起家而居有之，德如鸤鸠，乃可以配焉。"后遂以"鹊巢"指妇人之德。唐陆贽《册杞王妃文》："明章妇顺，虔奉姆仪，克茂《鹊巢》之规，叶宣《麟趾》之美。"宋苏轼《荆王新妇王氏潭国夫人制》："《易》称中馈，为家人之正吉；《诗》美羔羊，盖鹊巢之功致。"
❻桑苞：桑树的根部。
❼何妥：隋朝音乐家、哲学家。此人学问渊博，口才出众，但不

能宽容待人，喜欢品评人物，非难他人。有一次他和苏夔受命讨论钟的乐律，大部分朝臣都同意苏夔的意见，只有何妥不同意，百般指责，说苏夔等人是互相勾结的朋党。见《隋书·何妥传》。

❽**难（nàn）**：诘责、质问。

❾**子云嘲**：汉代学者扬雄，字子云。他曾模仿《周易》作《太玄经》，有人嘲笑他说此书不合时宜，扬雄便作《解嘲》以阐述自己淡泊自守的思想。

❿**楚甸**：即楚地。甸，古代指郊外的地方。唐刘希夷《江南曲》："潮平见楚甸，天际望维扬。"宋周邦彦《渡江云·小石》："晴岚低楚甸，暖回雁翼，阵势起平沙。"

⓫**五音**：宫、商、角、徵、羽。是中国古代的五声音阶，相当于现行简谱上的1、2、3、5、6。

⓬**万虑**：反复思考，思绪万端。南朝梁刘勰《文心雕龙·诏策》："魏文帝下诏，辞义多伟，至于'作威作福'，其万虑之一弊乎？"唐韩愈《感春》："数杯浇肠虽暂醉，皎皎万虑醒还新。"清陈梦雷《西郊杂咏》："俯仰念物化，万虑此俱寂。"

⓭**葛**：葛国。古代诸侯国之一，最早可追溯到夏朝。

⓮**饷**：馈食于人。

⓯**责**：要求、讨要。

⓰**包茅**：一种茅草。古代祭祀时，将酒倒入捆成小把的竖立的包茅中，让酒从中渗漏下去，代表祖先饮用了此酒，这个仪式叫"缩酒"。

⓱**高矣若天**：高得好像登天一样。孟子的学生公孙丑提问说："追寻大道，难如登天，何不让它变得有希望达到，从而使人每天不懈地追求呢？"孟子说："高明的木匠不会因为笨拙的徒工而改变、废弃绳墨，羿不会因为笨拙的射手而改变拉弓的标准。君子站立在道的中间，有能力的人便会跟从他学。"见《孟

子·尽心上》。

⑱**洵**：确实，实在。

⑲**神交**：以精神道义为基础的交往。

扩展阅读

葛伯仇饷：商汤派人问葛国的领主葛伯为什么不进行祭祀，葛伯说："我们没有祭祀用品。"于是，商汤派人给他们送来了牛羊、五谷，还派人来给他们种地。但是葛伯让人抢夺了种地之人的饭食，还杀了一个小孩子。于是，商汤恼怒了，派兵消灭了葛国。见《孟子·滕文公下》。

风马牛不相及：比喻事物毫不相干。鲁僖公四年春，齐桓公攻打楚国。楚成王派使节对齐桓公说："您住在北方，我住在南方，我们'风马牛不相及'，您为什么要攻打我们？"管仲回答说："你们应当进贡的包茅没有交纳，我们特来征收贡品。"见《左传·僖公四年》。

君子之交淡若水：《庄子·山木》："君子之交淡若水，小人之交甘若醴。"是说君子相交为道义之交，平淡得像水一样，毫无杂质，能够长久保持纯洁；小人相交为利益之交，甘美得像甜酒一样，但利益是其基础，利益不存在时交情也就消失了。

（三）

原文

牛对马，犬对猫，旨酒[1]对嘉肴[2]。

桃红对柳绿，竹叶对松梢。

藜杖[3]叟，布衣[4]樵，北野对东郊。

白驹形皎皎[5]，黄鸟语交交[6]。

花圃春残无客到，柴门夜永[7]有僧敲。

墙畔佳人，飘扬竞把秋千舞；楼前公子，笑语争将蹴鞠[8]抛。

注释

❶**旨酒**：美酒。《诗经·小雅·鹿鸣》："我有旨酒，以燕乐嘉宾之心。"《孟子·离娄下》："禹恶旨酒，而好善言。"唐李商隐《祭吕商州文》："华樽旨酒，绮席嘉肴。"

❷**嘉肴**：美味的菜肴，常与"旨酒"并用。《诗经·小雅·正月》："彼有旨酒，又有嘉肴。"《礼记·投壶》："子有旨酒嘉肴，某既赐矣，又重以乐，敢辞。"汉王粲《公宴诗》："嘉肴充圆方，旨酒盈金罍。"唐韩愈《祭董相公文》："旨酒既盈，嘉肴在盛，呜呼我公，庶享其诚。"

❸**藜杖**：用藜的老茎做的手杖，质轻而坚实。《晋书·山涛传》："魏帝尝赐景帝春服，帝以赐涛，又以母老，并赐藜杖一枚。"明徐复祚《投梭记·叙饮》："藜杖西山且挟书，蹉跎光景徂。"

❹**布衣**：麻布制作的衣裳。古时老百姓只能穿麻布衣服，故可指平民百姓。《韩非子·五蠹》："布衣相与交，无富厚以相利，

无威势以相惧也。"《三国演义》:"公乃汉相,吾乃布衣,何谦恭如此?"

❺**白驹形皎皎**:小马的毛色洁白明亮。《诗经·小雅·白驹》:"皎皎白驹,食我场苗。"

❻**黄鸟语交交**:黄雀的鸣叫声。交交,鸟鸣声。《诗经·秦风·黄鸟》:"交交黄鸟,止于棘。"

❼**夜永**:夜深。唐张乔《雨中宿僧院》:"夜永楼台雨,更深江海人。"

❽**蹴鞠**:我国古代的一种踢球游戏,类似现在的足球。根据宋高承《事物纪原》的记载,可能起源于黄帝时代。这种游戏流行于汉唐,宋代发展到巅峰,明清逐渐衰微。明汪云程《蹴鞠图谱》记载了唐宋到元明间蹴鞠的游戏的方法,以及球场的形式、规例。现在的踢毽子游戏还留有蹴鞠的影子。唐杜甫《清明》:"十年蹴鞠将雏远,万里秋千习俗同。"

四豪

（一）

原文

琴对瑟[1]，剑对刀，地迥[2]对天高。

峨冠[3]对博带[4]，紫绶[5]对绯袍[6]。

煎异茗[7]，酌香醪[8]，虎兕[9]对猿猱[10]。

武夫攻骑射，野妇务蚕缫[11]。

秋雨一川淇澳竹[12]，春风两岸武陵桃[13]。

螺髻[14]青浓，楼外晚山千仞[15]；鸭头绿腻[16]，溪中春水半篙。

注释

❶**瑟**：弦乐器，似琴，相传为筝的前身，长近三米，古有五十根弦，后为二十五根或十六根弦，平放演奏。

❷**迥**：遥远。

❸**峨冠**：高冠。唐刘商《姑苏怀古送秀才下第归江南》："银河倒泻君王醉，滟酒峨冠眄西子。"宋陆游《登灌口庙东大楼观岷江雪山》："我生不识柏梁建章之宫殿，安得峨冠侍游宴。"清徐士銮《宋艳·丛杂》："虽厚禄重臣，峨冠世儒，罔不效力。"

❹**博带**：宽大的衣带。《汉书·隽不疑传》："冠进贤冠，带櫑具剑

佩环玦，褒衣博带，盛服至门。”《新唐书·刘子玄传》：“博带褒衣，革履高冠。”清恽敬《重建东湖书院记》：“于是深衣博带之士，揖让弦诵于其中，而书院复兴。”

❺**紫绶**：用于系官印或做服装饰物的紫色丝带。《汉书·百官公卿表上》：“相国、丞相，皆秦官，金印紫绶。”唐李白《门有车马客行》：“空谈霸王略，紫绶不挂身。”明何景明《送顾汝成》：“十年垂紫绶，万里为苍生。”

❻**绯袍**：也叫“朱衣”，红色的官服。各个朝代的礼制不同，如唐朝规定，官员四品穿深红色，五品穿浅红色。《镜花缘》：“细细看去，士农工商，三教九流，无一不有。也有绯袍象简在那里伸手的，也有胥吏隶役在那里勒索的。”

❼**茗**：晚采的茶，或茶树的嫩芽，也泛指茶。唐陆羽《茶经》：“一曰茶，二曰槚，三曰蔎，四曰茗，五曰荈。”

❽**醪**（láo）：本义是未过滤的浊酒，或用以作酒的代称。

❾**虎兕**（sì）：虎与犀牛。比喻凶恶残暴的人。《论语·季氏》：“虎兕出于柙。”宋周密《齐东野语·景定彗星》：“董宋臣，巨奸宄也，乃优纵之以出虎兕之柙。”《明史·王德完传》：“今出虎兕以噬群黎，纵盗贼而吞赤子，幽愤沉结，叩诉无从。”

❿**猿猱**（náo）：泛指猿猴。晋葛洪《抱朴子·明本》：“侣狐貉于草泽之中，偶猿猱于林麓之间。”唐李白《蜀道难》：“黄鹤之飞尚不得过，猿猱欲度愁攀援。”清黄遵宪《台湾行》：“前者上岸雄虎彪，后者夺关飞猿猱。”

⓫**蚕缫**（sāo）：指饲蚕缫丝。《孟子·滕文公下》：“夫人蚕缫，以为衣服。”唐柳宗元《游南亭夜还叙志》：“饥食期农耕，寒衣俟蚕缫。”元柳贯《初夏斋中杂题》：“生涯依马磨，力作问蚕缫。”明代传奇剧本《鸣凤记·桑林奇遇》：“奴家幼习纺绩之勤，颇识蚕缫之务。”

⓬**淇澳**（yù）**竹**：出自《诗经·卫风·淇奥》：“瞻彼淇奥，绿竹

猗猗。有匪君子，如切如磋，如琢如磨。”“奥”通“澳”，指水边深曲的地方。这首诗用淇水岸边的竹子起兴，歌咏卫武公，称赞他是一位文采斐然、功德盖世的君子，后世就经常用“淇澳竹”代指卫武公。

⑬**武陵桃**：陶渊明《桃花源记》说武陵溪两边桃花盛开、落英缤纷。见卷上《八齐（三）》“桃花流水武陵溪”注。

⑭**螺髻**：螺状发髻，此处指形状像螺髻的山。

⑮**千仞**：形容极高或极深。

⑯**腻**：本指肉很肥厚，引申为程度很深。

（二）

原文

形对赏，贬对褒，破斧对征袍。

梧桐对橘柚，枳棘[1]对蓬蒿[2]。

雷焕剑[3]，吕虔刀[4]，橄榄对葡萄。

一椽[5]书舍小，百尺酒楼高。

李白能诗时秉笔，刘伶[6]爱酒每铺[7]糟[8]。

礼别尊卑，拱北[9]众星常灿灿；势[10]分高下，朝东万水[11]自滔滔。

注释

❶**枳（zhǐ）棘**：枳木与棘木。因其多刺而称恶木，常用以比喻恶人或小人。《韩非子·外储说左下》："夫树橘柚者，食之则甘，嗅之则香；树枳棘者，成而刺人，故君子慎所树。"汉刘向《九叹·愍命》："折芳枝与琼华兮，树枳棘与薪柴。"晋左思《咏史》："出门无通路，枳棘塞中涂。"

❷**蓬蒿**：蓬草和蒿草，亦泛指草丛。《庄子·逍遥游》："（斥鴳）翱翔蓬蒿之间。"晋葛洪《抱朴子·安贫》："是以俟扶摇而登苍霄者，不充诎于蓬蒿之杪。"明李梦阳《汉京篇》："霍氏门前狐夜号，魏其池馆长蓬蒿。"亦借指荒野偏僻之处。汉桓宽《盐铁论·通有》："山居泽处，蓬蒿墝埆，财物流通，有以均之。"唐李白《南陵别儿童入京》："仰天大笑出门去，我辈岂是蓬蒿人？"

❸**雷焕剑**：东晋雷焕擅观天象，张华邀请他一起观望斗宿和牛宿之间的紫气，雷焕说这是宝剑的精华上冲天际，从位置上来

看，宝剑应该在豫章丰城。张华说："我少年时，有个相面的说，我六十岁以后将会位登三公，并得到宝剑佩带，说不定就要应验在这里了。"于是把雷焕安排到丰城当县令，雷焕果然从地里挖出了传说中的龙泉、太阿两把宝剑，他将其中一把送给了张华。但是张华死后剑就不见了，后来雷焕的儿子佩带剩下的那把宝剑渡过延平津时，剑忽然从他腰间跳出来掉进水里，人们下去寻找的时候，只看见水里有两条龙，于是大家都说那是龙泉和太阿的化身。见《晋书·张华传》。

❹ **吕虔刀**：三国时的魏人吕虔是一名刺史，他有一把佩刀，曾有精通相术的人说过，这把刀一定得让位列三公之人佩带。吕虔认为王祥有三公之相，便将此刀送给了王祥。"三公"指辅佐天子掌握国家大权的最高官员，各朝名称不同，在三国时代的"三公"指太尉、司徒、司空。王祥后来当过司空和太尉，他临终前将此刀送给了弟弟王览，王览做了司徒。见《晋书·王祥传》。

❺ **一椽**（chuán）：一根椽，借指小屋。椽，放在檩子上架瓦的木条。

❻ **刘伶**：字伯伦，"竹林七贤"之一。他纵酒放达，逃避乱世，喝完酒之后常把酒渣一起吃掉。

❼ **餔**（bū）：吃。

❽ **糟**：指过滤出来的酒渣。

❾ **拱北**：众星环绕着北极星。北，指北辰，即北极星。《论语·为政》："为政以德，譬如北辰，居其所而众星拱之。"

❿ **势**：地形、地势。

⓫ **朝东万水**：孔子学生子贡问孔子，为什么见到河流就要观看。孔子讲了河流的几条优秀品质，其中有一条是：河流中途可以千回百转，但最终总是流向东方，像君子的志向。《荀子·宥坐》："夫水……其万折也必东，似志。"

（三）

原文

瓜对果，李对桃，犬子对羊羔。
春分对夏至，谷水❶对山涛❷。
双凤翼❸，九牛毛❹，主逸对臣劳。
水流无限阔，山耸有余高。
雨打村童新牧笠，尘生边将旧征袍。
俊士居官，荣列鹓鸿之序❺；忠臣报国，誓殚❻犬马之劳❼。

注释

❶**谷水**：山谷中的流水。

❷**山涛**：如波涛般起伏的山峦。唐岑参《与高適薛据同登慈恩寺浮图》："连山若波涛，奔凑似朝东。"

❸**双凤翼**：见唐李商隐《无题》："身无彩凤双飞翼，心有灵犀一点通。"

❹**九牛毛**：九头牛和一根毛，比喻差别极大。指人与人之间差距大。《晋书·华谭传》："谚言'人之相去，如九牛毛'，宁有此理乎？"宋苏轼《赵阅道高斋》："乃知贤达与愚陋，岂直相去九牛毛。"

❺**鹓（yuān）鸿之序**：鹓鸿群飞有序，喻指官员上朝的队列。

❻**殚**：竭尽。

❼**犬马之劳**：像犬马一样操劳。表示心甘情愿受人驱使、为人效劳。

扩展阅读

九牛一毛：虽然与“九牛毛”只差了一个字，但是两个词语意思不一样。“九牛一毛”指九头牛身上的一根毛，比喻渺小、轻微，或很大数量中的极少数。语出汉司马迁《报任安书》：“假令仆伏法受诛，若九牛亡一毛，与蝼蚁何异？”

五歌

（一）

原文

山对水，海对河，雪竹❶对烟萝❷。
新欢对旧恨，痛饮对高歌。
琴再抚，剑重磨，媚柳对枯荷。
荷盘❸从雨洗，柳线❹任风搓。
饮酒岂知欹醉帽❺，观棋不觉烂樵柯❻。
山寺清幽，直踞千寻云岭；江楼宏敞，遥临万顷烟波。

注释

❶**雪竹**：雪中之竹。唐郑谷《送进士韦序赴举》："秋山晚水吟情远，雪竹风松醉格高。"

❷**烟萝**：指草树茂密，像烟聚萝缠。唐李端《寄庐山真上人》："更说谢公南座好，烟萝到地几重阴。"五代李煜《破阵子》："凤阁龙楼连霄汉，玉树琼枝作烟萝，几曾识干戈？"亦借指幽居或修真之处。唐裴铏《传奇·文箫》："一斑与两斑，引入越王山。世数今逃尽，烟萝得再还。"

❸**荷盘**：指荷叶。因荷叶形圆似盘，故称"荷盘"。元赵孟頫《雨》："蛛网悬珠络，荷盘泻汞银。"元马祖常《用乐天韵因效

其题咏闲意》:“青怜藤蔓春牵屋,绿爱荷盘夏剪衣。”

❹**柳线**:柳条细长下垂如线,故名。南朝梁范云《送别》:“东风柳线长,送郎上河梁。”唐孟郊《春日有感》:“风吹柳线垂,一枝连一枝。”元郑光祖《塞鸿秋》:“雨余梨雪开香玉,风和柳线摇新绿,日融桃锦堆红树。”

❺**饮酒岂知欹醉帽**:醉到不知道帽子戴歪了。欹,倾斜。《诗经·小雅·宾之初筵》:“是曰既醉,不知其邮,侧弁其俄,屡舞傞傞。”“侧弁其俄”是歪戴着皮帽子的意思。

❻**烂樵柯**:传说晋人王质入山砍柴,观看童子下棋,等回过神来发现斧头柄都腐烂了,回乡后才知道原来已经过去了很多年,与他同时代的人都已经去世了。见南朝梁任昉《述异记》。

（二）

原文

繁对简，少对多，里咏对途歌。
宦情❶对旅况❷，银鹿❸对铜驼❹。
刺史鸭❺，将军鹅❻，玉律对金科❼。
古堤垂亸❽柳，曲沼长新荷。
命驾吕因思叔夜❾，引车蔺为避廉颇❿。
千尺水帘，今古无人能手卷；一轮月镜⓫，乾坤何匠用功磨。

注释

❶**宦情**：做官的志趣、意愿。亦指做官的心情。
❷**旅况**：旅途的情况。
❸**银鹿**：银铸的鹿。
❹**铜驼**：铜铸的骆驼。
❺**刺史鸭**：唐朝诗人韦应物做刺史时养了一些鸭，他称鸭子为“绿头公子”。
❻**将军鹅**：书法家王羲之官至右将军，史称“王右军”，他生性爱鹅，据说山阴道士赠他一只大鹅，求写《道德经》，他欣然应允。
❼**玉律对金科**：“玉律”“金科”指庄严而不可变更的法令。唐武则天《唐明堂乐章·皇帝行》：“化光玉镜，讼息金科。”五代杜光庭《川主太师南斗大醮词》：“玉律金科，虑爽重轻之信；五申三令，惭乖训抚之宜。”

❽**亸**（duǒ）：下垂的样子。

❾**叔夜**：嵇康字叔夜，他与吕安是好友，每当吕安思念嵇康时即令人驾车千里前往会见。

❿**引车蔺为避廉颇**：廉颇忌恨蔺相如官位在自己之上，扬言要羞辱他。蔺相如知道后，每次外出遇到廉颇便引车避让。家人不以为然，相如说："此先国家之急而后私仇也。"廉颇听说后，就负荆登门请罪。

⓫**月镜**：月亮，因月亮似铜镜而得名。古代的镜子是青铜制造的，使用时间一长，便会因氧化生锈而照物模糊不清，需要磨去氧化层才能使用，古代有以此为职业者。

（三）

原文

霜对露，浪对波，径菊对池荷。

酒阑[1]对歌罢，日暖对风和。

梁父咏[2]，楚狂歌[3]，放鹤[4]对观鹅。

史才推永叔[5]，刀笔[6]仰萧何。

种橘犹嫌千树少[7]，寄梅谁信一枝多[8]。

林下风生，黄发村童推牧笠；江头日出，皓眉溪叟晒渔蓑。

注释

❶**酒阑**：酒宴将尽。

❷**梁父咏**：即《梁甫吟》。乐府楚调曲名，今所传古辞据说为诸葛亮所作。

❸**楚狂歌**：陆通，字接舆，春秋时楚国人，因为楚昭王政令无当，所以披着头发，假装发狂，以避免出仕为官，他曾唱着歌经过孔子身边。唐李白《庐山谣寄卢侍御虚舟》："我本楚狂人，凤歌笑孔丘。"

❹**放鹤**：放飞仙鹤。宋人张天骥驯养了两只白鹤，朝出暮归，苏轼为之作《放鹤亭记》。

❺**永叔**：北宋欧阳修，字永叔，曾与宋祁合修《新唐书》，撰有《新五代史》。

❻**刀笔**：纸张发明之前，古人在竹简上写字，如果写错就要用刀刮掉，所以文人和官员随身携带刀和笔，专门执掌文案的官员

被称为“刀笔吏”。西汉名臣萧何就曾是秦朝的刀笔吏。

❼ **种橘犹嫌千树少：** 三国时吴国的丹阳太守李衡在住宅边栽种橘树千株。

❽ **寄梅谁信一枝多：** 见卷上《十三元（二）》“馥馥早梅思驿使”注。

六麻

（一）

原文

松对柏，缕[1]对麻，蚁阵[2]对蜂衙[3]。

赪鳞[4]对白鹭，冻雀对昏鸦。

白堕[5]酒，碧沉茶[6]，品笛对吹笳。

秋凉梧堕叶，春暖杏开花。

雨长苔痕侵壁砌，月移梅影上窗纱。

飒飒秋风，度城头之筚篥[7]；迟迟晚照，动江上之琵琶。

注释

❶**缕**：丝线。

❷**蚁阵**：蚂蚁战斗时的阵势。《西游记》："人如蚁阵往来多，船似雁行归去广。"明康海《中山狼》："谁弱谁强排蚁阵，争甜争苦闹蜂衙。"

❸**蜂衙**：群蜂早晚聚集，簇拥蜂王，如旧时官吏到上司衙门排班参见。宋陆游《青羊宫小饮赠道士》："微雨晴时看鹤舞，小窗幽处听蜂衙。"元钱霖《清江引》："高歌一壶新酿酒，睡足蜂衙后。"

❹**赪（chēng）鳞**：鳞片赤色的鱼。

❺**白堕**：人名，姓刘，南北朝时北魏人，善酿酒。据说他酿的酒醇美异常，名声远播，达官贵族都以之为馈赠佳品。后世以“白堕”作美酒的代称。北魏杨衒之《洛阳伽蓝记·城西法云寺》：“河东人刘白堕善能酿酒。季夏六月，时暑赫晞，以罂贮酒，暴于日中。经一旬，其酒不动，饮之香美而醉，经月不醒。”宋苏辙《次韵子瞻病中大雪》：“殷勤赋黄竹，自劝饮白堕。”宋陆游《官舍夙兴》：“不复扶头倾白堕，但知临目养黄宁。”

❻**碧沉茶**：“碧”即“绿”。“碧沉茶”是一种绿茶，冲泡之后，茶叶沉于杯底，汤色碧绿，故名。

❼**筚篥**（bìlì）：即“觱篥”。汉时流行于西域一带的一种像笳的管乐器，声音悲怆。

（二）

原文

优对劣，凸对凹[1]，翠竹对黄花[2]。

松杉对杞梓[3]，菽麦[4]对桑麻[5]。

山不断，水无涯，煮酒对烹茶。

鱼游池面水，鹭立岸头沙。

百亩风翻陶令秫[6]，一畦雨熟邵平瓜[7]。

闲捧竹根[8]，饮李白一壶之酒；偶擎桐叶，啜卢仝[9]七碗之茶[10]。

注释

❶**凹**（wā）：低洼。

❷**黄花**：菊花。

❸**杞梓**：杞木和梓木，都是良材。用以比喻优秀人才。《左传·襄公二十六年》："晋卿不如楚，其大夫则贤，皆卿材也。如杞、梓、皮革，自楚往也。虽楚有材，晋实用之。"《北史·文苑传序》："于时陈郡袁翻……雕琢琼瑶，刻削杞梓，并为龙光，俱称鸿翼。"宋司马光《送李汝臣同年谪官导江主簿》："良工构明堂，必不遗杞梓。"

❹**菽麦**：豆与麦。《诗经·豳风·七月》："黍稷重穋，禾麻菽麦。"清黄燮清《十一月朔大雪》："松柏无完枝，菽麦断萌蘖。"

❺**桑麻**：桑树和麻。植桑饲蚕缫丝和植麻取其纤维，是古代解决衣着问题最重要的农业经济活动，因此泛指农作物或农事。《管

子·牧民》:“藏于不竭之府者，养桑麻、育六畜也。”宋辛弃疾《鹧鸪天·游鹅湖醉书酒家壁》:“闲意态，细生涯，牛栏西畔有桑麻，青裙缟袂谁家女，去趁蚕生看外家。”晋陶渊明《归园田居》:“相见无杂言，但道桑麻长。”唐孟浩然《过故人庄》:“开轩面场圃，把酒话桑麻。”

❻**陶令秫**：陶渊明任彭泽令时，种了百亩秫，用以酿酒。秫，带黏性的高粱、粟米等，可酿酒。

❼**邵平瓜**：秦东陵侯邵平在秦亡以后，于长安城东种瓜，其瓜有五种颜色，人称“邵平瓜”。

❽**竹根**：一种竹根制作的酒器。

❾**卢仝**：唐代诗人，号玉川子，少有才名，未满二十岁便隐居嵩山少室山，不愿仕进。他好茶成癖，诗风浪漫且奇诡险怪，人称“卢仝体”。

❿**七碗之茶**：卢仝《走笔谢孟谏议寄新茶》:“一碗喉吻润，两碗破孤闷。三碗搜枯肠，唯有文字五千卷。四碗发轻汗，平生不平事，尽向毛孔散。五碗肌骨清，六碗通仙灵。七碗吃不得也，唯觉两腋习习清风生。”这几句诗脍炙人口，传唱千年而不衰，被称为《玉川茶歌》或《七碗茶歌》。

（三）

原文

吴[1]对楚[2]，蜀[3]对巴[4]，落日对流霞[5]。

酒钱[6]对诗债[7]，柏叶对松花。

驰驿骑，泛仙槎[8]，碧玉[9]对丹砂[10]。

设桥偏送笋[11]，开道竟还瓜[12]。

楚国大夫[13]沉汨水[14]，洛阳才子[15]谪[16]长沙。

书箧[17]琴囊[18]，乃士流[19]活计；药炉茶鼎，实闲客[20]生涯。

注释

❶**吴**：古国名。据有今江苏、上海大部和安徽、浙江的一部分。

❷**楚**：古国名。春秋战国时国势强盛，疆域由湖北、湖南扩展到今河南、安徽、江苏、浙江、江西和四川等地。

❸**蜀**：古族名、国名。分布在今四川西部。

❹**巴**：古族名、国名。分布在今重庆、川东、鄂西一带。

❺**流霞**：亦作“流瑕”“流赮”，指浮动的彩云。汉扬雄《甘泉赋》：“吸清云之流瑕兮，饮若木之露英。”《旧唐书·刘洎传》：“综宝思于天文，则长河韬映；摛玉字于仙札，则流霞成彩。”

❻**酒钱**：饮酒或买酒的钱。

❼**诗债**：他人索诗或求唱和之作，未及酬答，如同负债。苏轼《次韵秦太虚见戏耳聋》：“眼花乱坠酒生风，口业不停诗有债。”

❽**仙槎**：传说天河与海相通，每年八月有浮槎往来。槎，用竹木编成的筏。

❾**碧玉**：含铁的石英石，呈红色、褐色或绿色。可做装饰品。也称

“碧石”。

⑩**丹砂**：又叫“辰砂”“朱砂”。一种矿物，炼丹的主要原料，可做颜料，也可入药。

⑪**设桥偏送笋**：南朝梁时期，范元琰节操高尚，为乡里所敬重。有一次，小偷越过园外的沟来偷他家的竹笋，元琰发觉了，担心小偷返回时掉到沟里，特地砍了棵树架在沟上，让小偷方便过沟。小偷看到后十分惭愧，从此之后，一乡人再也没有小偷小摸的了。

⑫**开道竟还瓜**：晋人桑虞有处瓜园，瓜果刚成熟，有人翻进围墙偷瓜。桑虞知道后，想到墙头插有防盗的荆棘，小偷如果被人发现而逃跑，则有可能被刺伤，便命令看瓜的奴仆挖开墙，替偷瓜的人开出一条逃跑的路。小偷知道后，向桑虞叩头请罪，并归还所偷之瓜，而桑虞却将瓜都送给了偷瓜人。

⑬**楚国大夫**：指屈原，他曾是楚国的三闾大夫。

⑭**汨水**：即汨罗江。屈原在此投水殉国。

⑮**洛阳才子**：指洛阳人贾谊。他被贬为长沙王太傅，世称“贾长沙”。

⑯**谪**：贬官。

⑰**书箧**：书箱。汉应劭《风俗通·怪神》：“又买李幼一头牛，本券在书箧中。”《三国志·魏志·胡质传》：“家无余财，惟有赐衣书箧而已。”

⑱**琴囊**：贮琴之囊。宋欧阳修《六一诗话》：“余家旧蓄琴一张……其声清越，如击金石，遂以此布，更为琴囊。”明冯梦龙《警世通言·俞伯牙摔琴谢知音》：“童子焚香罢，捧琴囊置于案间。”

⑲**士流**：泛指文人。

⑳**闲客**：清闲的人。唐杜牧《八月十二日得替后移居霅溪馆因题长句四韵》：“景物登临闲始见，愿为闲客此闲行。”宋陆游《白塔院》：“溪山属闲客，随意倚枯藤。”明文徵明《闲兴》：“帘卷不知西日下，自持闲客了残棋。”

七阳

（一）

原文

高对下，短对长，柳影对花香。
词人对赋客，五帝对三王❶。
深院落，小池塘，晚眺❷对晨妆❸。
绛霄唐帝殿❹，绿野晋公堂❺。
寒集谢庄衣上雪❻，秋添潘岳鬓边霜❼。
人浴兰汤❽，事不忘于端午；客斟菊酒，兴常记于重阳❾。

注释

❶**三王**：一般指夏禹、商汤、周文王。
❷**晚眺**：夜晚眺望。
❸**晨妆**：清晨梳妆。唐韩愈《东都遇春》："川原晓服鲜，桃李晨妆靓。"五代前蜀韦庄《上春词》："金楼美人花屏开，晨妆未罢车声催。"
❹**绛霄唐帝殿**：唐玄宗时建有绛霄殿。
❺**绿野晋公堂**：唐朝裴度封晋公，建有绿野堂。
❻**寒集谢庄衣上雪**：谢庄是南朝宋右卫将军，大明五年（461）正月初一，天降大雪，谢庄下殿巡查，雪花都堆积在他的衣服

上。他上殿报告孝武帝刘骏，皇帝认为这是很吉祥的事。

❼**秋添潘岳鬓边霜**：晋潘岳《秋兴赋·序》：“余春秋三十有二，始见二毛。”“二毛”指两种颜色的头发，即黑发与白发相间。

❽**兰汤**：古人在农历五月五日端午节有用兰草熬水沐浴的习俗。汤，热水。

❾**重阳**：九为阳数，故称农历九月九日为重阳。这天要佩茱萸、吃果饼、饮菊花酒，人们相信这些事可以避邪、养生长寿。

（二）

原文

尧对舜，禹对汤，晋宋对隋唐。
奇花对异卉，夏日对秋霜。
八叉手❶，九回肠❷，地久对天长。
一堤杨柳绿，三径❸菊花黄。
闻鼓塞兵方战斗，听钟宫女正梳妆。
春饮方归，纱帽半淹邻舍酒；早朝初退，衮衣微惹御炉香❹。

注释

❶**八叉手**：唐朝的温庭筠才思敏捷，考试作赋，双手互相交叉八次就吟成八韵，完成作品，当时的人称之为“温八叉”。后以此作为才思敏捷的代称。

❷**九回肠**：愁肠反复翻转，比喻忧思郁结难解。汉司马迁《报任安书》：“是以肠一日而九回。”南朝梁萧纲《应令》：“望邦畿兮千里旷，悲遥夜兮九回肠。”唐刘禹锡《望赋》：“秋之景兮悬清光，偏结愤兮九回肠。”宋苏轼《题织锦图上回文诗》：“红手素丝千字锦，古人新曲九回肠。”

❸**三径**：指隐士的居处。径，小路。晋陶渊明《归去来兮辞》：“三径就荒，松菊犹存。”

❹**衮衣微惹御炉香**：化用唐贾至《早朝大明宫呈两省僚友》：“剑佩声随玉墀步，衣冠身惹御炉香。”衮衣，古代帝王及公侯所穿的绣有龙图纹的礼服，此处指官员上朝所穿的官服。

（三）

原文

荀[1]对孟[2]，老[3]对庄[4]，亸柳对垂杨。

仙宫[5]对梵宇[6]，小阁对长廊。

风月窟[7]，水云乡[8]，蟋蟀对螳螂。

暖烟香霭霭[9]，寒烛影煌煌[10]。

伍子欲酬渔父剑[11]，韩生尝窃贾公香[12]。

三月韶光[13]，常忆花明柳媚；一年好景，难忘橘绿橙黄[14]。

注释

❶**荀**：荀子，名况，赵国人，为儒家学派的集大成者，《荀子》一书是他思想的集中体现。

❷**孟**：孟子，名轲，继承了孔子的学说，在儒家学派中地位仅次于孔子，被称为“亚圣”。其思想及行为集中体现在《孟子》一书中。

❸**老**：老子，姓李名耳，字伯阳，亦称“老聃”，春秋末期著名的思想家，著有《道德经》，被道家学派奉为始祖。

❹**庄**：庄子，名周，战国时宋国蒙人，著名的思想家。著《庄子》十余万言，借寓言以阐明自己的清静无为思想，尊崇老子，贬斥儒墨，和老子并称“老庄”。

❺**仙宫**：指道观。

❻**梵宇**：指佛寺。

❼**风月窟**：义同“风月场”，指情场。元关汉卿《谢天香》：“老

天生我多才思，风月场中肯让人？”

❽**水云乡**：水云弥漫、风景清幽的地方，多指隐者游居停留之地。宋苏轼《南歌子·别润守许仲途》：“一时分散水云乡，惟有落花芳草断人肠。”宋陆游《秋夜遣怀》：“六年归卧水云乡，本自无闲可得忙。”

❾**霭霭**：云雾密集的样子。晋陶渊明《停云》：“霭霭停云，蒙蒙时雨。”《西游记》：“博山炉里，霭霭香烟。”

❿**煌煌**：明亮的样子。《诗经·陈风·东门之杨》：“东门之杨，其叶牂牂。昏以为期，明星煌煌。”

⓫**伍子欲酬渔父剑**：“伍子”指伍子胥，春秋时楚国人，其父伍奢、其兄伍尚都被楚平王杀害，他也遭追杀。伍子胥逃至江边，眼看追兵快要追上了，江上有一渔父渡他过江，他才得以逃脱。伍子胥解下佩剑酬谢渔父，而渔父说：“楚国下令捉到伍子胥赏给粮食五万斛，得高官厚禄，难道只值百金之剑吗？”于是并没有接受他的宝剑。

⓬**韩生尝窃贾公香**：晋朝的韩寿仪容出众，在贾充手下做小官，贾充的小女儿贾午十分爱慕他。汉武帝曾赏赐异香给贾充，贾午与韩寿私通，所以偷香给韩寿。贾充发觉后，便将女儿嫁给了韩寿。

⓭**韶光**：指美丽的春光。

⓮**橘绿橙黄**：出自苏轼《赠刘景文》：“一年好景君须记，最是橙黄橘绿时。”

八庚

（一）

原文

深对浅，重对轻，有影对无声。

蜂腰对蝶翅，宿醉对余酲❶。

天北缺❷，日东生，独卧对同行。

寒冰三尺厚，秋月十分明。

万卷书容闲客览，一樽酒待故人倾。

心侈唐玄❸，厌看霓裳之曲❹；意骄陈主❺，饱闻玉树❻之赓❼。

注释

❶**宿醉对余酲**："宿醉"和"余酲"都是醉酒的状态。

❷**天北缺**：神话传说当中，共工与颛顼争夺帝位，共工一怒之下撞倒了支撑天的不周山，于是天向西北倾斜，日月星辰每天从东方升起，在西方降落。

❸**唐玄**：指唐玄宗。

❹**霓裳之曲**：指《霓裳羽衣曲》。唐玄宗李隆基精通乐律，他曾经将西凉的乐曲《婆罗门曲》润色改编为《霓裳羽衣曲》，当时宫中经常演奏此曲，杨贵妃善跳霓裳羽衣舞。安史之乱以后，唐玄宗听《霓裳羽衣曲》而伤感。

❺**陈主**：南朝陈的主君，这里指陈后主陈叔宝。

❻**玉树**：指《玉树后庭花》。传为陈后主亲自填词，使男女唱和此曲，辞藻绮丽，哀艳委婉。后来陈为隋所灭，陈后主忍辱偷生，不久也死去。

❼**赓**：继续。引申为唱和。

（二）

原文

虚对实，送对迎，后甲❶对先庚❷。
鼓琴❸对舍瑟❹，搏虎❺对骑鲸❻。
金匼匝❼，玉瑽琤❽，玉宇❾对金茎❿。
花间双粉蝶，柳内几黄莺。
贫里每甘⓫藜藿⓬味，醉中厌听管弦声。
肠断秋闺，凉吹已侵重被冷；梦惊晓枕，残蟾⓭犹照半窗明。

注释

❶**后甲**：指甲日的后三天，即丁日。《易·蛊》："先甲三日，后甲三日。"

❷**先庚**：指庚日的前三天，即丁日。《易·巽》："先庚三日，后庚三日，吉。"

❸**鼓琴**：弹琴。"鼓"是动词，敲击或弹奏使乐器发出声音。《列子·汤问》："伯牙善鼓琴，钟子期善听。伯牙鼓琴，志在高山。钟子期曰：'善哉！峨峨兮若泰山！'志在流水，钟子期曰：'善哉！洋洋兮若江河！'伯牙所念，钟子期必得之。"

❹**舍瑟**：放下瑟。《论语·先进》："鼓瑟希，铿尔，舍瑟而作，对曰：'异乎三子者之撰。'"

❺**搏虎**：打虎。亦用来比喻有勇力或气势磅礴。《孟子·尽心下》："晋人有冯妇者，善搏虎，卒为善士。"《淮南子·缪称训》："中行缪伯，手搏虎。"

❻**骑鲸**：亦作“骑京鱼”“骑鲸鱼”“骑长鲸”。汉扬雄《羽猎赋》：“乘巨鳞，骑京鱼。”后因以比喻隐遁或游仙。宋晁补之《少年游·次季良韵》：“它日骑鲸，尚怜迷路，与问众仙真。”宋陆游《长歌行》：“人生不作安期生，醉入东海骑长鲸。”元耶律楚材《西域从王君玉乞茶因其韵》：“清兴无涯腾八表，骑鲸踏破赤城霞。”明张煌言《沈彤庵阁学舣舟南日山》：“袖归当有支机石，岂遂骑鲸向碧空。”清姚鼐《阜城作》：“云霄昼下鹿，东海远骑鲸。”

❼**匼匝**（kēzā）：周匝环绕。南朝宋鲍照《代白纻舞歌辞》：“象床瑶席镇犀渠，雕屏匼匝组帷舒。”唐白居易《仙娥峰下作》：“参差树若插，匼匝云如抱。”宋周密《武林旧事·放春》：“蒋苑使有小圃，不满二亩，而花木匼匝，亭榭奇巧。”

❽**玱琤**（cōngchēng）：象声词，玉石等碰撞声。元乔吉《一枝花·合筝》：“迸琼珠万颗玱琤，间骊珠一串分明。”也用来形容乐声、水声。清朱彝尊《题汪检讨楫乘风破浪图》：“中山君长搓手迎，道旁张乐声玱琤。”清唐孙华《闲居写怀》：“玱琤听奔溜，巷陌成深溪。”

❾**玉宇**：用玉建成的殿宇，传说中神仙的住所。也指华丽宏伟的宫殿。还可指明净的天空。

❿**金茎**：指用以承托承露盘的铜柱。汉班固《西都赋》：“抗仙掌以承露，擢双立之金茎。”

⓫**甘**：味道好。

⓬**藜藿**：藜，灰菜。藿，豆叶。泛指粗劣的饭菜。

⓭**残蟾**：残月。

（三）

原文

渔对猎，钓对耕，玉振对金声[1]。

雉城[2]对雁塞[3]，柳袅对葵倾[4]。

吹玉笛，弄银笙，阮杖[5]对桓筝[6]。

墨呼松处士[7]，纸号楮先生[8]。

露浥好花潘岳县[9]，风搓细柳亚夫营[10]。

抚动琴弦，遽[11]觉座中风雨至[12]；哦[13]成诗句，应知窗外鬼神惊[14]。

注释

❶**玉振对金声**："玉振"和"金声"指玉磬、金钟被敲击发出的美妙声音，多用来喻指名声远播、文章华美。《孟子·万章下》："集大成也者，金声而玉振之也。"《汉书·倪宽传》："唯天子建中和之极，兼总条贯，金声而玉振之，以顺成天庆，垂万世之基。"

❷**雉城**：城上短墙。泛指城墙。雉，古代计算城墙面积的单位。城墙高一丈、长三丈为一雉。

❸**雁塞**：山名。其地当在今陕西汉中一带。南朝齐刘澄之《梁州记》："梁州县界有雁塞山，传云此山有大池水，雁栖集之，故因名曰雁塞。"亦泛指北方边塞。唐杨炯《原州百泉县令李君神道碑》："山连雁塞，野接龙坰。"宋裴湘《浪淘沙·并门》："雁塞说并门，郡枕西汾，山形高下远相吞。"

❹**葵倾**：葵花向日而倾。

❺**阮杖**：晋朝的阮修经常拄杖步行，在杖头挂百钱，遇到酒馆便以此钱买酒，独自喝得酩酊大醉。

❻**桓筝**：又作“桓伊筝”。《晋书·桓伊传》载，桓伊为江州刺史，善吹笛鼓筝，独擅江左。

❼**松处士**：墨的别名。“处士”指品行高洁而不出来做官的贤人，松为“岁寒三友”之首，品质高洁，古代制墨需要用到松木烧制的烟灰，故称墨为“松处士”。

❽**楮先生**：纸的别名。楮，树名，古人多用其树皮造纸。唐韩愈在《毛颖传》中采用拟人化的写法，称笔为“毛颖”，称纸为“楮先生”。

❾**露浥好花潘岳县**：潘岳为河阳县令时，下令广植桃花。浥，润泽、使……湿润。

❿**风搓细柳亚夫营**：汉朝大将周亚夫驻兵于细柳营，军纪甚严。后世以“柳营”“亚夫营”指代军营。

⓫**遽（jù）**：立即。

⓬**风雨至**：春秋时期，晋平公想听清角之乐，当时的著名音乐家师旷认为晋平公德行浅薄，不能够听这样的乐曲。晋平公坚持要听，师旷不得已，便弹奏这乐曲。结果黑色的云从西北方生起，狂风暴雨随之而至，在座的人都四散逃跑。见《韩非子·十过》：“师旷不得已而鼓之。一奏，而有玄云从西北方起；再奏之，大风至，大雨随之，裂帷幕，破俎豆，隳廊瓦。”

⓭**哦**：有节奏地诵读诗文。

⓮**鬼神惊**：唐杜甫《寄李十二白二十韵》：“笔落惊风雨，诗成泣鬼神。”

九青

（一）

原文

红对紫，白对青，渔火❶对禅灯❷。
唐诗❸对汉史❹，释典❺对仙经❻。
龟曳尾❼，鹤梳翎❽，月榭对风亭❾。
一轮秋夜月，几点晓天❿星。
晋士只知山简醉⓫，楚人谁识屈原醒⓬。
绣倦佳人，慵把鸳鸯文⓭作枕；吮毫画者，思将孔雀写为屏。

注释

❶**渔火**：指渔船上的灯光、火把。

❷**禅灯**：寺庙的灯火。唐贾岛《送慈恩寺霄韵法师谒太原李司空》："清磬先寒角，禅灯彻晓烽。"

❸**唐诗**：文学史上，唐代以诗歌著称，故论诗必以唐诗为首。

❹**汉史**：在史书中，西汉司马迁的《史记》、东汉班固的《汉书》地位都极高，故论史必以汉史为代表。

❺**释典**：佛教的经典，即佛经。释，佛教的始祖为释迦牟尼，故以其简称"释"代指佛教或僧人。

❻**仙经**：泛指道教经典。较为著名的有东晋葛洪《抱朴子内篇》，

继承并改造了早期道教的神仙理论。

❼**龟曳尾**：乌龟拖着尾巴在泥里爬行的样子，比喻自由自在、闲散舒适的平凡生活。楚王派人请庄子做官，庄子说："我听说楚国有一只神龟，死时已经三千岁了，国王把它的尸骨用锦缎包好，放在竹匣中，珍藏在宗庙的堂上。不知道这只神龟，它是宁愿死去留下尸骨让人们珍藏呢，还是情愿活着在泥里拖着尾巴爬行呢？"见《庄子·秋水》。

❽**梳翎**：鸟类梳理自身羽毛。唐郑颢《续梦中十韵》："日斜乌敛翼，风动鹤梳翎。"唐温庭筠《游南塘寄知者》："白鸟梳翎立岸莎，藻花菱刺泛微波。"

❾**月榭对风亭**："月榭"和"风亭"均为观赏风景的建筑。南朝梁沈约《郊居赋》："风台累翼，月榭重栭。"唐冯翊《桂苑丛谈·赏心亭》："风亭月榭既已荒凉，花圃钓台未惬深旨。"明田汝成《西湖游览志·南山胜迹五》："清辉满隙，若合璧然，其旁有月榭。"清黄景仁《感旧杂诗》："风亭月榭记绸缪，梦里听歌醉里愁。"

❿**晓天**：拂晓时的天色。唐陈子昂《春夜别友人》："明月隐高树，长河没晓天。"唐牛丛《题朝阳岩》："蹑石攀萝路不迷，晓天风好浪花低。"

⓫**山简醉**：西晋名士山简嗜酒，常醉，人称"醉山翁"。详见卷上《八齐（二）》"无客醉如泥"注。

⓬**屈原醒**：屈原《渔父》中有"举世皆浊我独清，众人皆醉我独醒"的诗句传世。

⓭**文**：本指花纹、纹理，此处是绣出花纹的意思。

扩展阅读

雀屏中选：北周大将窦毅有个女儿，窦毅常说："我女儿才貌双全，怎可随便嫁人呢？”于是在屏风上画了两只孔雀，让求婚的人各射两箭，谁能射中孔雀的眼睛，就把女儿许配给谁。数十人都没能射中，只有李渊射中了孔雀的两只眼睛，于是窦毅就把女儿嫁给了李渊。后来李渊当上皇帝，窦毅的女儿也就做了皇后。后世用“雀屏中选”这个成语表示被选为女婿。见《旧唐书·高祖窦皇后传》。

（二）

原文

行对坐，醉对醒，佩紫❶对纡青❷。

棋枰❸对笔架，雨雪对雷霆。

狂蛱蝶❹，小蜻蜓，水岸对沙汀❺。

天台❻孙绰赋，剑阁❼孟阳铭。

传信子卿❽千里雁，照书车胤一囊萤❾。

冉冉❿白云，夜半高遮千里月；澄澄⓫碧水，宵中⓬寒映一天星。

注释

❶**佩紫**：佩挂紫色印绶，指荣任高官。南朝宋刘义庆《世说新语·言语》："吾闻丈夫处世，当带金佩紫。"《晋书·夏侯湛传》："被朱佩紫，耀金带白。"

❷**纡青**：佩带青绶。汉代九卿一级的官员系青绶，因而亦指高官。晋葛洪《抱朴子·任命》："及其达也，则淮阴投竿而称孤，文种解屩而纡青。"

❸**枰**：棋盘。

❹**蛱蝶**：蝴蝶的一类，成虫赤黄色，翅有鲜艳的色斑，幼虫身上多刺，对农作物有危害。

❺**沙汀**：水边或水中的平沙地。南朝梁江淹《灵丘竹赋》："郁春华于石岸，艳夏彩于沙汀。"宋陆游《小舟》："云气分山叠，沙汀蹙浪痕。"清沈树本《浴象行》："鼓声初歇人语寂，并立沙汀

卸羁绊。"

❻**天台**：天台山，在今浙江省天台县北。晋孙绰有《游天台山赋》。

❼**剑阁**：古栈道名，在今四川剑阁县东北大剑山与小剑山之间，相传为三国时期诸葛亮所修。西晋张载过剑阁作有《剑阁铭》。

❽**子卿**：苏武，字子卿。见卷上《一东（一）》扩展阅读"鸿雁传书"条目。

❾**囊萤**：晋朝车胤家境贫寒，晚上读书没有钱买灯油，就捉了许多萤火虫装在白丝袋中，利用萤火虫的微光照明读书。见《晋书·车胤传》。

❿**冉冉**：缓慢行进的样子。屈原《离骚》："老冉冉其将至兮，恐修名之不立。"《醒世恒言·灌园叟晚逢仙女》："忽见月影下，一青衣冉冉而来。"

⓫**澄澄**：清澈明洁的样子。晋阮修《上巳会诗》："澄澄绿水，澹澹其波。"

⓬**宵中**：半夜。也可指昼、夜时间相等。

（三）

原文

书对史，传对经，鹦鹉对鹡鸰[1]。

黄茅[2]对白荻[3]，绿草对青萍。

风绕铎[4]，雨淋铃[5]，水阁对山亭。

渚[6]莲千朵白，岸柳两行青。

汉代宫中生秀柞[7]，尧时阶畔长祥蓂[8]。

一枰决胜，棋子分黑白；半幅通灵，画色间丹青[9]。

注释

❶**鹡鸰**：鹡鸰鸟。是一种体态类似麻雀，经常在水边觅食的小鸟。

❷**黄茅**：茅草名。唐白居易《代书诗一百韵寄微之》："官舍黄茅屋，人家苦竹篱。"也指长有黄茅的荒冢，借指死亡。宋杨万里《曾伯贡主簿挽诗》："即今俱白首，赴告忽黄茅。"

❸**白荻**：一种与芦苇同科而异种的植物，叶子比芦苇稍宽，韧性较强。其花穗多白色，故称"白荻"。

❹**铎**：一种古乐器，形状像铃。后来也称悬挂在亭子或房屋的飞檐上的一种小铃铛为"铎"，又名"铁马""檐铁"，到现代演化为风铃。

❺**雨淋铃**：同"雨霖铃"。相传唐明皇在安史之乱平定后，从蜀中回长安，经剑阁栈道，雨中闻铃声，悼念马嵬驿死去的杨贵妃，而作《雨霖铃》曲。

❻**渚**：水中的小块陆地，或指水边。

❼**柞**：一种木质坚硬的树。汉代有宫中生长出柞树之事，古人认为这是祥瑞。

❽**蓂**（míng）：蓂荚。古代传说中的一种瑞草，每月从初一开始，每天长出一荚，十五过后，每天落去一荚，像日历一样，所以又称“历荚”。

❾**丹青**：指可用作颜料的红色和青色的矿物质，此处代指绘画。

十蒸

（一）

原文

新对旧，降对升，白犬对苍鹰。

葛巾❶对藜杖，涧水对池冰。

张兔网，挂鱼罾❷，燕雀对鹏鹍❸。

炉中煎药火，窗下读书灯。

织锦逐梭成舞凤，画屏误笔❹作飞蝇。

宴客刘公❺，座上满斟三雅爵❻；迎仙汉帝，宫中高插九光灯❼。

注释

❶**葛巾**：古时用葛布做的头巾。

❷**罾（zēng）**：古代一种用木棍或竹竿做支架的方形渔网。

❸**鹏鹍**：即"鲲鹏"，"鲲"是一种大鱼，"鹏"是一种大鸟。《庄子·逍遥游》："北冥有鱼，其名为鲲，鲲之大，不知其几千里也；化而为鸟，其名为鹏，鹏之背，不知其几千里也。""鲲"后讹为"鹍"。后世常以"鲲鹏"比喻才能卓异、志向高远的人。唐孟郊《立德新居》："仰笑鹍鹏辈，委身拂天波。"明张居

正《赠国子马生行》:“鹍鹏跛躄风尘中,骅骝伏枥盐车下。”

❹ **误笔**:即“笔误”。传说三国时期画家曹不兴在给孙权画屏风的时候不慎笔误,在生绢上留了一点墨迹,索性把这墨迹画成了一只飞蝇。孙权看到还以为是真的蝇,伸手弹了一下,可见曹不兴画技的高妙之处。裴松之注《三国志》引《吴录》:“曹不兴善画,权使画屏风,误落笔点素,因就以作蝇。既进御,权以为生蝇,举手弹之。”

❺ **刘公**:指刘表。汉末群雄之一。

❻ **三雅爵**:刘表的三种酒爵。《广雅义疏》:“《典论》云:‘刘表诸子好酒,造三爵:大曰伯雅,中曰仲雅,小曰季雅。’”

❼ **九光灯**:《汉武帝内传》中描写,汉武帝好长生之术,常求神仙,曾在宫中点燃九光灯以迎接西王母。

（二）

原文

儒对士，佛对僧，面友[1]对心朋。

春残对夏老，夜寝对晨兴。

千里马，九霄鹏，霞蔚[2]对云蒸[3]。

寒堆阴岭雪，春泮[4]水池冰。

亚父[5]愤生撞玉斗[6]，周公誓死作金縢[7]。

将军元晖，莫怪人讥为饿虎；侍中卢昶，难逃世号作饥鹰[8]。

注释

❶**面友**：貌合神离的朋友。汉扬雄《法言·学行》："友而不心，面友也。"

❷**霞蔚**：云霞盛起的样子。明皇甫涍《将命巡轺徙倚署阁》："霞蔚见层峦，花深隐群壑。"也用以形容鲜明华美的样子。南朝梁刘勰《文心雕龙·时序》："尔其缙绅之林，霞蔚而飙起。"唐杨系《通天台赋》："若琼楼之霞蔚，照龙烛于昆丘。"

❸**云蒸**：云气升腾的样子。《淮南子·原道训》："风兴云蒸，事无不应。"宋梅尧臣《送临江军监军李太博》："雾气多成雨，云蒸易损衣。"明李梦阳《野风》："月混鱼龙醒，云蒸豹虎骄。"

❹**泮**（pàn）：冰雪融解。

❺**亚父**：表示尊敬的称呼，此处指项羽的谋士范增。

❻**玉斗**：玉制的盛酒器。范增在鸿门宴上暗示项羽杀了刘邦，但项羽认为刘邦掀不起风浪，刘邦脱身之后，让张良送白璧和玉

斗给项羽、范增二人，范增把玉斗用剑击碎，骂项羽“竖子不足与谋”。见《史记·项羽本纪》。

❼ **金滕**：指“金滕功”。《书·金滕》：“武王有疾，周公作《金滕》。”孔颖达疏：“武王有疾，周公作策书告神，请代武王死。事毕，纳书于金滕之匮。”后因以“金滕功”为忠心事君之典。金滕，指用金属制的带子将收藏书契的柜封存。

❽ **饥鹰**：与“饿虎”一样，比喻凶残贪婪的人。《魏书·昭成子孙列传·拓跋晖》：“凡在禁中要密之事，晖别奉旨藏之于柜，唯晖入乃开，其余侍中、黄门莫有知者。侍中卢昶亦蒙恩眄，故时人号曰‘饿虎将军，饥鹰侍中’。”拓跋晖即元晖。

（三）

原文

规对矩，墨对绳，独步❶对同登。
吟哦❷对讽咏❸，访友对寻僧。
风绕屋，水襄陵❹，紫鹄❺对苍鹰。
鸟寒惊夜月，鱼暖上春冰。
扬子❻口中飞白凤，何郎❼鼻上集青蝇。
巨鲤跃池，翻几重之密藻；颠猿饮涧，挂百尺之垂藤。

注释

❶**独步**：独自行走。亦指超群出众，独一无二。
❷**吟哦**：有节奏地诵读。
❸**讽咏**：讽诵吟咏。
❹**襄陵**：大水漫上丘陵。北魏郦道元《水经注》："至于夏水襄陵，沿溯阻绝。"明何景明《水车赋》："过颡类激，襄陵乃害。"
❺**鹄**：即天鹅。形状像鹅，体型比鹅大，鸣声洪亮。
❻**扬子**：汉代文学家扬雄。据说他写《甘泉赋》的时候梦见口中飞出白凤，自此辞赋水平大有长进。
❼**何郎**：此处指何晏。《晋书》记载，何晏梦见青蝇集于鼻端，术士管辂认为鼻子是人面部的山，至高无上。青蝇臭恶，如今却集于鼻端，表示梦者已达盈满之数，将由盛而衰。

十一尤

（一）

原文

荣对辱，喜对忧，夜宴对春游。
燕关[1]对楚水[2]，蜀犬[3]对吴牛[4]。
茶敌睡，酒消愁，青眼对白头。
马迁[5]修史记，孔子作春秋。
适兴[6]子猷[7]常泛棹[8]，思归王粲[9]强登楼。
窗下佳人，妆罢重将金插鬓；筵前舞妓，曲终还要锦缠头[10]。

注释

❶**燕关**：指山海关。元周伯琦《野狐岭》："其阴控朔部，其阳接燕关。"清姚鼐《题〈梦楼集〉诗》："燕关秋气联吟袂，江寺潮声接卧帏。"

❷**楚水**：泛指古楚地的江河湖泽。北周庾信《三月三日华林园马射赋》："横弧于楚水之蛟，飞镞于吴亭之虎。"唐刘长卿《明月湾寻贺九不遇》："楚水日夜绿，傍江春草滋。"宋苏轼《忆江南寄纯如》："楚水别来十载，蜀山望断千重。"

❸**蜀犬**：蜀地的狗。蜀地多雨，那里的狗不常见太阳，出太阳就要叫。后遂用"蜀犬吠日"比喻少见多怪。

❹**吴牛**：吴地的耕牛。吴地的牛白天在太阳下辛勤耕作，晚上见到月亮以为是太阳，因惧怕酷热而不断喘气。后人用“吴牛喘月”比喻因疑心而害怕。

❺**马迁**：指汉代史学家、《史记》作者司马迁。

❻**适兴**：遣兴。抒发情怀，解闷散心。

❼**子猷**：即王羲之的第五个儿子王徽之，字子猷。

❽**泛棹**：泛舟。王徽之曾在雪夜探访友人戴逵，但是到了戴家门口，没进门就折返了。别人问他为什么不进去，他说：“我本来是乘着兴致前往，尽兴了就回去，为何一定要见戴逵呢？”见《世说新语·任诞》。

❾**王粲**：汉代文学家，“建安七子”之一。他最著名的作品是客居荆州时思念故乡而作的《登楼赋》。

❿**锦缠头**：古代歌舞艺人表演时，用锦帛缠在头上作妆饰，叫“缠头”。也可指表演完毕之后，客人赠送罗锦给表演者，置之头上，谓之“锦缠头”。唐杜甫《即事》：“笑时花近眼，舞罢锦缠头。”

（二）

原文

唇对齿，角对头，策❶马对骑牛。
毫尖对笔底，绮阁❷对雕楼。
杨柳岸，荻芦洲，语燕对啼鸠。
客乘金络马❸，人泛木兰舟❹。
绿野耕夫春举耜❺，碧池渔父晚垂钩。
波浪千层，喜见蛟龙❻得水；云霄万里，惊看雕鹗❼横秋。

注释

❶**策**：本指竹制的头上有尖刺的马鞭，后引申为用鞭棒驱赶或驾驭骡马。《论语·雍也》："将入门，策其马。"汉晁错《论贵粟疏》："乘坚策肥，履丝曳缟。"

❷**绮阁**：华丽的楼阁。晋葛洪《抱朴子·知止》："仰登绮阁，俯映清渊。"《北史·常景传》："夫如是，故绮阁金门，可安其宅；锦衣玉食，可颐其形。"明陈子龙《月夜游剑池作》："群伦澒洞作风尘，绮阁雕栏愁杀人。"

❸**金络马**：用金子做笼头的骏马。

❹**木兰舟**：以木兰为材料造的舟，后用作船的美称。南朝梁任昉《述异记》："木兰洲在浔阳江中，多木兰树，昔吴王阖闾植木兰于此，用构宫殿也。七里洲中，有鲁般刻木兰为舟，舟至今在洲中。"唐冷朝阳《送红线》："采菱歌怨木兰舟，送客魂销百尺楼。"

❺**耜**：翻土的农具，形状像今的铁锹和铧。最早是木制的，后用金属制。

❻**蛟龙**：传说蛟是拥有龙族血脉的水兽，有强大的力量。蛟若遇雷电暴雨，必将扶摇直上腾跃九霄，渡劫后可化为龙。

❼**雕鹗**：雕与鹗，两种猛禽。比喻奸佞。《后汉书·张衡传》注："雕鹗竞于贪婪兮，我修洁以益荣。"唐元稹《哭吕衡州》："雕鹗生难敌，沉檀死更香。"后比喻才望超群者。唐杜甫《奉赠严八阁老》："蛟龙得云雨，雕鹗在秋天。"明杨基《忆北山梨花》："未能抟摇跨雕鹗，讵免束缚同鸡豚。"

（三）

原文

庵❶对寺，殿对楼，酒艇对渔舟。

金龙对彩凤，豮豕❷对童牛❸。

王郎帽❹，苏子裘❺，四季对三秋❻。

峰峦扶地秀，江汉接天流。

一湾绿水渔村小，万里青山佛寺幽。

龙马❼呈河，羲皇❽阐微而画卦；神龟出洛❾，禹王❿取法以陈畴⓫。

注释

❶**庵**：圆形草屋，后来指小庙，特指女性修行者居住的寺庙。

❷**豮（fén）豕**：阉割过的猪。

❸**童牛**：没长大的小牛。

❹**王郎帽**：晋朝王濛美貌俊逸，他的帽子破了，想去买顶新的，有个老妪觉得他长得好看，就送给他一顶新帽子。见《晋书·王濛传》。

❺**苏子裘**：苏秦到秦国游说，其建议没有被采用，在秦国滞留的时间长了，身上穿的黑貂裘破旧不堪。见《战国策·秦策》。

❻**三秋**：指农历秋季的三个月或秋季的第三个月。

❼**龙马**：一种传说中似龙似马的神兽。后用“龙马精神”形容精神健旺、充沛。唐李郢《上裴晋公》：“四朝忧国鬓如丝，龙马精神海鹤姿。”

❽**羲皇**：指伏羲。据说龙马自黄河水中出，身负神秘图案——河图，伏羲根据河图画出了八卦。

❾**神龟出洛**：相传古时候有神龟出于洛水，甲壳上的神秘图案是与“河图”齐名的“洛书”。

❿**禹王**：即大禹。传说他根据洛书创造了治理天下的九条法度。

⓫**畴**：类别。此处指大禹治理天下的“九畴”。

十二侵

（一）

原文

眉对目，口对心，锦瑟❶对瑶琴❷。

晓耕对寒钓，晚笛对秋砧❸。

松郁郁，竹森森❹，闵损对曾参❺。

秦王亲击缶❻，虞帝自挥琴❼。

三献卞和尝泣玉❽，四知杨震固辞金❾。

寂寂秋朝，庭叶❿因霜摧嫩色；沉沉春夜，砌花⓫随月转清阴⓬。

注释

❶**锦瑟**：漆有织锦纹的瑟。《周礼乐器图》："绘文如锦曰锦瑟。"唐杜甫《曲江对雨》："何时诏此金钱会，暂醉佳人锦瑟傍。"唐李商隐《锦瑟》："锦瑟无端五十弦，一弦一柱思华年。"宋贺铸《青玉案》："锦瑟年华谁与度？"清龚自珍《浪淘沙·有寄》："我自低迷思锦瑟，谁怨琵琶？"

❷**瑶琴**：用玉装饰的琴，或指音色优美的琴。南朝宋鲍照《拟古》："明镜尘匣中，瑶琴生网罗。"唐王昌龄《和振上人秋夜怀

士会》："瑶琴多远思，更为客中弹。"清方文《石臼访韩元长》："珠树秋先折，瑶琴我独伤。"

❸**秋砧**：秋日捣衣的声音。

❹**森森**：与"郁郁"一样，表示植物生长繁盛茂密。

❺**闵损对曾参**：闵损，字子骞；曾参，字子舆。两人都是孔子的弟子，以孝行见称。

❻**秦王亲击缶**：秦、赵会于渑池，秦王令赵王亲自鼓瑟，蔺相如设计逼迫秦王亲自击缶，维护了赵国尊严。见《史记·廉颇蔺相如列传》。"缶"是一种瓦质的打击乐器。关于赵王鼓瑟之事，可参见卷下《二萧（二）》"赵瑟"注。

❼**虞帝自挥琴**：传说虞舜曾挥五弦琴而歌，以求风调雨顺、嘉惠百姓。参见卷下《二萧（二）》"虞韶"注。

❽**卞和尝泣玉**：卞和是春秋时期楚国人，他在荆山得到一块璞玉，三次分别进献给楚厉王、楚武王、楚文王。厉王和武王都认为这是一块普通的石头，把卞和当作骗子砍掉了双脚。等到文王登基，卞和就抱着那块璞玉在荆山下哭了三天三夜，眼睛都哭出血了。文王听说后，派人去问他为什么哭得这么悲伤，卞和说："我不是因为双脚被砍掉而悲伤，而是因为世人把宝玉当作石头，把忠贞的我当成骗子而悲伤。"文王就让玉匠加工这块璞玉，得到了一块完美无瑕的宝玉，于是命名为"和氏璧"。见《韩非子·和氏》。

❾**杨震固辞金**：杨震，字伯起，东汉名臣，少年时热爱学习，通晓经术，当时儒生称他为"关西孔子杨伯起"。有个被杨震推举过的人叫王密，他去看杨震的时候给杨震送了十斤金子。杨震推辞不要，王密说："现在是夜里，没有人知道我给你送金子。"杨震说："天知、神知、我知、你知，怎么能说没有人知道呢？"王密惭愧地走了。见《后汉书·杨震传》。

❿**庭叶**：庭院中的树叶。

⑪**砌花**：生长在台阶上的花。
⑫**清阴**：清凉的树荫。

（二）

原文

前对后，古对今，野兽对山禽。

犍牛[1]对牝马[2]，水浅对山深。

曾点瑟[3]，戴逵琴[4]，璞玉[5]对浑金[6]。

艳红花弄色，浓绿柳敷[7]阴。

不雨汤王方剪爪[8]，有风楚子正披襟[9]。

书生惜壮岁[10]，韶华寸阴尺璧[11]；游子爱良宵，光景一刻千金[12]。

注释

❶**犍（jiān）牛**：阉割过的公牛。

❷**牝（pìn）马**：母马。

❸**曾点瑟**：曾点，字皙，又称曾皙，曾参的父亲，孔子的学生之一。有一次孔子问弟子志向，轮到曾点，当时他弹瑟正近尾声，“铿”的一声将瑟放下，起而作答，获孔子赏识。参见卷下《八庚（二）》“舍瑟”注。

❹**戴逵琴**：戴逵是东晋著名画家、雕塑家。他多才多艺，出类拔萃，自然而然地引起朝廷的注意。当时官任太宰的武陵王司马晞听说戴逵弹琴有清韵之声，就派人召他到太宰府去演奏。但是戴逵深切地痛恨那些故作风雅、奢侈放纵的官僚贵族，认为替他们演奏是奇耻大辱，于是当着使者的面将琴砸碎了。见《晋书·戴逵传》。

❺**璞玉**：尚未雕琢的玉。比喻尚未为人所知的贤才。

❻**浑金**：没有冶炼过的金子。多用来形容人的品质淳朴善良。

❼**敷**：铺开，扩展。

❽**不雨汤王方剪爪**：商汤时天大旱，汤王剪下头发与指甲，祈祷于桑林，并自责很多事情没有做好，天果然降雨。

❾**有风楚子正披襟**：楚襄王游于兰台之宫，有风飒然而至，楚王披襟挡之。

❿**壮岁**：壮年。

⓫**寸阴尺璧**：指短暂的光阴比珍宝更加可贵。寸阴，极短的时间。尺璧，直径一尺的圆形美玉。《淮南子·原道训》："圣人不贵尺之璧而重寸之阴，时难得而易失也。"

⓬**一刻千金**：一刻时光价值千金，形容时间极为宝贵。宋苏轼《春夜》："春宵一刻值千金，花有清香月有阴。"

（三）

原文

丝对竹，剑对琴，素志❶对丹心❷。

千愁对一醉，虎啸对龙吟。

子罕玉❸，不疑金❹，往古对来今。

天寒邹吹律❺，岁旱傅为霖❻。

渠❼说子规❽为帝魄，侬❾知孔雀是家禽❿。

屈子沉江，处处舟中争系粽⓫；牛郎渡渚⓬，家家台上竞穿针⓭。

注释

❶**素志**：向来怀有的志愿。

❷**丹心**：忠诚之心。宋文天祥《过零丁洋》："人生自古谁无死，留取丹心照汗青。"

❸**子罕玉**：子罕是春秋时宋国司城，名叫乐喜，子罕是他的字。宋国有个人得了一块玉石，把它当成宝贝献给子罕，子罕不肯收。他说："我把不贪当作宝，你把玉石当作宝。如果你把玉石给了我，我们都失掉了自己的宝，那还不如各自都保留自己的宝呢！"献玉的人又说担心这块玉会为自己招来灾祸，子罕就让工匠把这块玉雕琢之后卖掉，这样献玉的人就可以富有了。宋国的长者都说："子罕不是没有宝贝，而是他的宝贝与众不同啊！"后人用"子罕玉"这个典故赞美高尚廉洁的品格。见《左

传·襄公十五年》。

❹**不疑金**：直不疑是汉代官员，一次，他的同僚中有人请假回家，但是这个人错拿了另外一个人的黄金。不久，黄金的主人发现黄金丢失，便猜测是直不疑所为。对此，直不疑没有做任何辩驳，他买来了同等的黄金，交给了失主。过了几天，请假回家的人返回来，把错拿的黄金交还给了失主。这个丢失黄金的人非常惭愧，向直不疑道歉，直不疑十分大度，没有任何怨言。因此，远近的人都称赞直不疑是位忠厚的长者。见《史记·万石张叔列传》。

❺**邹吹律**："邹"指战国末期阴阳家代表人物邹衍。"律"指律管，是一种用竹子或者金属制作的定音器具。传说战国时，燕国天寒而庄稼不生，邹衍吹奏律管，天气转暖，万物皆生。

❻**傅为霖**："傅"指商王武丁的贤臣傅说。武丁曾这样评价傅说："老天若是大旱，你就是那甘霖。"见《尚书·说命》："若岁大旱，用汝作霖雨。"

❼**渠**：他。

❽**子规**：即杜鹃鸟。传说古蜀国王杜宇，号望帝，死后化作杜鹃鸟，声音凄切。

❾**侬**：吴方言，在吴语中有四种意思：你、我、他、人。

❿**孔雀是家禽**：孔子的后人孔君平有一次去杨家做客，指着桌上的杨梅对杨家九岁的小儿子说："这是你家的果子！"杨家儿子很机智地回答："那也没听说孔雀是您家的鸟呀！"见《世说新语·言语》。

⓫**系粽**：传说屈原五月五日沉江之后，人们用粽子来祭祀他，后来端午节吃粽子的习俗相沿至今。

⓬**牛郎渡渚**：牛郎渡过天河。传说牛郎织女于农历七月七日这一日渡河相会。

⓭**穿针**：农历七月七日有穿针的风俗。女子趁月色，手执五彩丝

线穿针引线，跪拜织女星，祈求保佑自己心灵手巧，称为“乞巧”。因此“七夕节”也称为“乞巧节”。

十三覃

（一）

原文

千对百，两对三，地北对天南。

佛堂❶对仙洞❷，道院❸对禅庵❹。

山泼黛❺，水浮蓝❻，雪岭❼对云潭❽。

凤飞方翙翙❾，虎视已眈眈❿。

窗下书生时讽咏，筵前酒客日耽酣⓫。

白草满郊，秋日牧征人之马；绿桑盈亩，春时供农妇之蚕。

注释

❶**佛堂**：指供奉佛像的堂殿、堂屋。

❷**仙洞**：仙人的洞府，借称道观。五代阎选《浣溪沙》："刘阮信非仙洞客，嫦娥终是月中人。"唐白居易《春题华阳观》："帝子吹箫逐凤凰，空留仙洞号华阳。"

❸**道院**：道士居住的地方。

❹**禅庵**：多指女性修行的寺庙。

❺**泼黛**：形容山色如一片墨绿。唐顾况《华山西冈游赠隐玄叟》："群峰郁初霁，泼黛若鬟沐。"

❻**浮蓝**：形容天空或水面呈一片蔚蓝。

❼**雪岭**：积雪的山岭。唐卢纶《从军行》："雪岭无人迹，冰河足雁声。"唐慧净《杂言》："沙河雪岭迷朝径，巨海鸿崖乱夜津。"

❽**云潭**：温泉潭，上有蒸气如云，故名。南朝宋鲍照《苦热行》："汤泉发云潭，焦烟起石圻。"

❾**翙翙**（huìhuì）：鸟飞翔的声音。《诗经·大雅·卷阿》："凤凰于飞，翙翙其羽。"宋叶適《鹿鸣宴诗》："朝阳羽翙翙，春梧绿蓁蓁。"也用来形容众多。清钱谦益《萧公神道碑》："王多吉士，翙翙雍雍。"

❿**眈眈**：贪狠地注视，比喻心怀不轨，伺机掠夺。《易·颐卦》："虎视眈眈，其欲逐逐。"西晋潘岳《关中诗》："虎视眈眈，威彼好畤。"《红楼梦》："你看这里这些人，因见老太太多疼了宝玉和凤姐姐两个，他们尚虎视眈眈，背地里言三语四的，何况于我？"

⓫**耽酣**：酣醉的样子。

（二）

原文

将对欲，可对堪，德被[1]对恩覃[2]。

权衡[3]对尺度[4]，雪寺对云庵[5]。

安邑枣[6]，洞庭柑[7]，不愧对无惭。

魏徵能直谏[8]，王衍善清谈[9]。

紫梨[10]摘去从山北，丹荔[11]传来自海南。

攘鸡[12]非君子所为，但当月一[13]；养狙[14]是山公之智，止用朝三。

注释

❶**被**：覆盖。

❷**覃**：延长，延及。

❸**权衡**：称量物体轻重的器具。权，秤锤；衡，秤杆。

❹**尺度**：指计量长度的定制。

❺**云庵**：泛指建造在高山顶上修行用的房舍。唐陆龟蒙《秋日遣怀十六韵寄道侣》："药鼎高低铸，云庵早晚苫。"元李存《题云庵》："夜宿云庵中，白云满床头。"

❻**安邑枣**："安邑"是古都邑名，在今山西夏县西北，以盛产枣闻名。《史记·货殖列传》："安邑千树枣。"

❼**洞庭柑**：洞庭湖一带的柑橘，自古以来就非常有名。据记载，柑橘畏霜，而洞庭湖水汽蒸腾，可以避霜，所以洞庭柑不会因霜歉收。

❽**魏徵能直谏**：魏徵是唐太宗时期的大臣，先后直谏二百余事。见《旧唐书·魏徵传》。

❾**王衍善清谈**：王衍是西晋大臣，喜好老庄之言，崇尚贵无之说，经常清谈虚理。

❿**紫梨**：传说涂山之北有一种紫色的梨，体大如斗，千年开一次花、结一次果。

⓫**丹荔**：即荔枝。果实成熟时果皮红艳可观，俗称“丹荔”。

⓬**攘鸡**：偷鸡。

⓭**月一**：每月一次。

⓮**狙**：猴子。

扩展阅读

以待来年然后已：宋国大夫戴盈之问孟子：“免除关卡和市场征税，实行什一税这件事，今年完不成了，先减免一点儿，明年再完成行吗?”孟子就讲了一个偷鸡的故事：有小偷每天偷一只鸡，有人告诉他这样不对，他就说要先改成每月偷一次，等到来年再停止偷鸡。孟子用这个故事告诫戴盈之，如果知道做错了事，就应该赶快改正，为什么要等到他日呢?见《孟子·滕文公下》。

朝三暮四：宋国有一个养猴的人，因为养的猴子太多而家财匮乏，于是打算限制猴子的食物。他对猴子说：“早上给你们三个橡子，晚上给四个。”猴子大怒，于是他改口说：“早上四个，晚上三个。”猴子才欢喜。见《庄子·齐物论》。后人遂用“朝三暮四”来表示实质不变，用改换名目的方法使人上当。现在多比喻反复无常。

（三）

原文

中对外，北对南，贝母[1]对宜男[2]。

移山[3]对浚井[4]，谏苦对言甘。

千取百[5]，二为三[6]，魏尚[7]对周堪[8]。

海门翻夕浪，山市[9]拥晴岚[10]。

新缔[11]直投公子[12]纻[13]，旧交犹脱馆人[14]骖[15]。

文达[16]淹通[17]，已叹冰兮寒过水；永和[18]博雅[19]，可知青者胜于蓝[20]。

注释

❶**贝母**：药名，多年生草本植物，其鳞茎供药用，有止咳化痰、清热散结之功。

❷**宜男**：萱草的别名。古人认为孕妇佩带这种草可以生男孩，故名。三国魏曹植《宜男花颂》："草号宜男，既晔且贞。"明李东阳《馈萱邃庵太宰侑以一诗》："雨后宜男色更深，采来新自玉堂阴。"

❸**移山**：移动山岳。

❹**浚井**：挖井。浚，疏通、挖掘。

❺**千取百**：在千乘之国中，已经取得了百乘的地位。见《孟子·梁惠王上》："千乘之国，弑其君者，必百乘之家。万取千焉，千取百焉，不为不多矣。"

❻**二为三**：古人认为，天地间万事万物都遵循着由一生二、由二

生三、由三生万物的规律。《庄子·齐物论》:“一与言为二,二与一为三。”

❼**魏尚**:西汉人,曾为云中太守。

❽**周堪**:西汉人,字少卿,曾讲经于石渠阁。

❾**山市**:山中蜃景,与“海市蜃楼”相似。

❿**晴岚**:晴日山中的雾气。唐郑谷《华山》:“峭仞耸巍巍,晴岚染近畿。”宋周邦彦《渡江云》:“晴岚低楚甸,暖回雁翼,阵势起平沙。”

⓫**新缔**:刚刚结交的朋友。

⓬**公子**:先秦时期,诸侯的儿子被称为“公子”。此处的公子指吴国公子季札。

⓭**纻**:纻麻做的衣服。季札与子产一见如故,赠子产以缟带,子产回赠纻麻之衣。见《左传·襄公二十九年》。

⓮**馆人**:古代掌管馆舍的人。

⓯**骖**(cān):驾车时位于两边的马。孔子到卫国时,遇到过去所住馆所的人有丧事,就让子贡脱骖助葬。见《礼记·檀弓》。

⓰**文达**:唐人盖文达。他跟随大儒刘焯等人学习,刺史窦抗认为他学问很深,引用《荀子·劝学》中的名句“冰,水为之,而寒于水”来赞扬盖文达。

⓱**淹通**:精通,贯通。

⓲**永和**:北魏大臣李安世的儿子李谧,字永和。据说他十三岁通音律、五经、历数、方技诸学,跟随小学博士孔璠学习,数年后孔璠却要向他请教疑难,他的同学都说他“青出于蓝”。

⓳**博雅**:渊博雅正。

⓴**蓝**:蓼蓝。草本植物,可以提炼出靛青,用作染料。

扩展阅读

青出于蓝，冰寒于水： 靛青是从蓼蓝中提取的，但它比蓼蓝的颜色更青；冰是由水凝结成的，但它比水更冷。用于比喻学生胜过老师或者后人超过前人。典出《荀子·劝学》

十四盐

（一）

原文

悲对乐，爱对嫌，玉兔对银蟾[1]。

醉侯[2]对诗史[3]，眼底对眉尖。

风飘飘[4]，雨绵绵[5]，李苦对瓜甜。

画堂[6]施锦帐[7]，酒市[8]舞青帘[9]。

横槊赋诗[10]传孟德[11]，引壶酌酒[12]尚陶潜。

两曜迭[13]明，日东生而月西出；五行[14]式序[15]，水下润而火上炎[16]。

注释

❶**玉兔对银蟾**：传说月中有白兔和蟾蜍，所以称月亮为“玉兔”“银蟾”。

❷**醉侯**：刘伶嗜酒如命，人称“醉侯”，后来变成对好酒善饮者的美称。唐皮日休《夏景冲淡偶然作》：“他年谒帝言何事，请赠刘伶作醉侯。”宋陆游《百岁》：“莫悲晚节功名误，即死犹堪赠醉侯。”

❸**诗史**：元稹称杜甫诗善陈时事，号为“诗史”。当时的重要历

史事件，在杜甫的诗中几乎都有反映。

❹**飁飁**(xíxí)：大风之声。与“凉风习习”中的“习习”不同，“习习”指风轻轻地吹。

❺**绵绵**：连续不断的样子。

❻**画堂**：古代宫中有彩绘的殿堂。泛指华丽的堂舍。南朝梁萧纲《饯庐陵内史王修应令》：“回池泻飞栋，浓云垂画堂。”唐崔颢《古意》：“十五嫁王昌，盈盈入画堂。”《水浒传》：“此物只宜林下看，岂堪引入画堂中。”

❼**锦帐**：锦制的帷帐。亦泛指华美的帷帐。《赵飞燕外传》：“为婕好作七成锦帐。”唐温庭筠《归国遥》：“锦帐绣帷斜掩，露珠清晓簟。”明唐寅《醉扶归·冬景》：“懒安排锦帐饮羊羔，只思量玉手拈蓍草。”

❽**酒市**：古代城中卖酒的市场。泛指酒店、酒家。

❾**青帘**：旧时酒店门口挂的幌子，多用青布制，借指酒家。唐郑谷《旅寓洛南村舍》：“白鸟窥鱼网，青帘认酒家。”宋辛弃疾《鹧鸪天》：“多情白发春无奈，晚日青帘酒易赊。”《儒林外史》：“那些卖酒的青帘高扬，卖茶的红炭满炉。”

❿**横槊赋诗**：横着长矛吟诗。槊是一种类似长矛的武器，“横槊赋诗”指能文能武的英雄豪迈气概。苏轼《前赤壁赋》：“酾酒临江，横槊赋诗，固一世之雄也。”

⓫**孟德**：曹操，字孟德。

⓬**引壶酌酒**：出自晋陶渊明《归去来兮辞》：“引壶觞以自酌，眄庭柯以怡颜。倚南窗以寄傲，审容膝之易安。”

⓭**迭**：交流，轮换。

⓮**五行**：指金、木、水、火、土五种物质。我国古代思想家把这五种物质作为构成万物的元素，以说明宇宙万物的起源和变化。春秋战国时期，产生了“五行相生相胜”的理论。“相生”意味着相互促进，如“木生火、火生土、土生金、金生水、水

生木”等。“相胜”即“相克”，意味着互相排斥，如“水胜火、火胜金、金胜木、木胜土、土胜水”等。

⑮**式序**：亦作“式叙”，按次第、按顺序。《诗经·周颂·时迈》：“明昭有周，式序在位。”《后汉纪·桓帝纪》：“横见式叙，各受封爵，天下惆怅，人神共愤。”

⑯**水下润而火上炎**：水具有下行、滋润的特性，火具有上升、炎热的特性。《尚书·洪范》：“水曰润下，火曰炎上。”

（二）

原文

如对似，减对添，绣幕对朱帘。

探珠❶对献玉❷，鹭立对鱼潜。

玉屑饭❸，水晶盐❹，手剑❺对腰镰。

燕巢❻依邃阁，蛛网挂虚檐❼。

夺槊至三唐敬德❽，奕棋第一晋王恬❾。

南浦⑩客归，湛湛⑪春波千顷净；西楼人悄，弯弯夜月一钩纤。

注释

❶**探珠**：摘取黑龙颔下的宝珠。见卷上《七虞（一）》“骊龙颔下珠”注。

❷**献玉**：春秋时楚人卞和向楚王敬献“和氏璧”，见卷下《十二侵（一）》“卞和尝泣玉”注。“献玉”这个典故，通常用来比喻向君主或朝廷奉献才智。唐陆畅《下第后病中》：“献玉频年命未通，穷秋成病悟真空。”金元好问《寄答飞卿》：“古来献玉犹难售，此日闻韶本不图。”

❸**玉屑饭**：传说中用玉屑做的饭，食之可以延年益寿。

❹**水晶盐**：同“水精盐”。一种晶莹明澈如水晶的盐。唐李白《题东溪公幽居》：“客到但知留一醉，盘中只有水精盐。”明陆容《菽园杂记》：“环庆之墟有盐池，产盐皆方块，如骰子，色莹然明彻，盖即所谓水晶盐也。”

❺**手剑**：持剑。《公羊传·庄公十二年》：“仇牧闻君弑，趋而至，

遇之于门，手剑而叱之。”《汉书·曹竟传》：“竟不受侯爵。会赤眉入长安，欲降竟，竟手剑格死。”

❻**燕巢**：燕子的窝，比喻栖身的庐舍。唐雍陶《秋居病中》：“荒檐数蝶悬蛛网，空屋孤萤入燕巢。”明陈汝元《金莲记·焚券》：“幸复燕巢，更全蚁命，垂恩良厚，图报实难。”

❼**虚檐**：凌空的房檐。南朝齐王融《三月三日曲水诗序》：“飞观神行，虚檐云构。”唐杜甫《谒先主庙》：“虚檐交鸟道，枯木半龙鳞。”宋黄庭坚《次韵高子勉》：“雪尽虚檐滴，春从细草回。”

❽**敬德**：唐朝大将尉迟敬德。他擅长的兵器是槊，与唐太宗的弟弟齐王比武的时候，曾三次夺下齐王手中的槊。见《旧唐书·尉迟敬德传》。

❾**王恬**：东晋书法家，丞相王导的儿子。他擅长围棋，棋艺在当时堪称天下第一。

❿**南浦**：南面的水边。后常用以称送别之地。屈原《九歌·河伯》：“子交手兮东行，送美人兮南浦。”南朝梁江淹《别赋》：“春草碧色，春水渌波。送君南浦，伤如之何。”唐李贺《黄头郎》：“黄头郎，捞拢去不归。南浦芙蓉影，愁红独自垂。”

⓫**湛湛**：形容水深的样子。

（三）

原文

逢对遇，仰[1]对瞻[2]，市井[3]对闾阎[4]。

投簪[5]对结绶，握发[6]对掀髯[7]。

张绣幕，卷珠帘，石碏[8]对江淹[9]。

宵征[10]方肃肃[11]，夜饮已厌厌[12]。

心褊[13]小人长戚戚[14]，礼多君子屡谦谦[15]。

美刺[16]殊文[17]，备三百五篇诗咏[18]；吉凶异画，变六十四卦[19]爻[20]占[21]。

注释

❶**仰**：指脸向上，与“俯”相对。

❷**瞻**：指向上或向前看。

❸**市井**：买卖商品的场所。《管子·小匡》：“处商必就市井。”《史记·魏公子列传》：“臣乃市井鼓刀屠者。”

❹**闾阎**：里巷内外的门。后多借指里巷，或泛指民间。《史记·樗里子甘茂列传》：“甘茂起下蔡闾阎，显名诸侯，重疆齐楚。”《梁书·处士传·何胤》：“顷者学业沦废，儒术将尽，闾阎搢绅，鲜闻好事。”唐白居易《湖亭望水》：“岸没闾阎少，滩平船舫多。”

❺**投簪**：丢下固冠用的簪子，比喻弃官。晋陆机《应嘉赋》：“苟形骸之可忘，岂投簪其必谷。”清金农《题青林沟所居》：“尘坌炎光昼已空，投簪久羡濯缨翁。”

❻**握发**：又作“捉发”。以手握发。形容急迫，不及束发。后以此比喻求贤心切。《史记·鲁周公世家》：“然我一沐三捉发，一饭三吐哺，起以待士，犹恐失天下之贤人。”

❼**掀髯**：笑时启口张须貌，形容人激动的样子。宋苏轼《次韵刘景文兄见寄》：“细看落墨皆松瘦，想见掀髯正鹤孤。”宋刘克庄《沁园春》：“掀髯啸，有鱼龙鼓舞，狐兔悲嗥。”清唐孙华《寿周砾圃七十》：“偶逢时事一掀髯，往往谈言亦微中。”

❽**石碏**（què）：春秋时卫国大夫。

❾**江淹**：南朝梁文学家，字文通。

❿**宵征**：夜行。《诗经·召南·小星》：“肃肃宵征，夙夜在公。”

⓫**肃肃**：疾行的样子。

⓬**厌厌**：和悦的样子。出自《诗经·小雅·湛露》：“厌厌夜饮，不醉无归。”

⓭**褊**：气量狭小，狭隘。

⓮**戚戚**：忧惧、忧伤的样子。《论语·述而》：“君子坦荡荡，小人长戚戚。”

⓯**谦谦**：谦逊的样子。汉刘向《列女传·有虞二妃》：“不以天子之女故而骄盈怠嫚，犹谦谦恭俭，思尽妇道。”宋陈傅良《祭苏训直文》：“某幸兹为寮，情相后先，即之谦谦，听之便便。”

⓰**美刺**：称美与讽恶。多用于诗文。南朝宋谢灵运《山居赋》：“篇章以陈美刺，论难以核有无。”唐白居易《策林·议文章》：“今褒贬之文无核实，则惩劝之道缺矣；美刺之诗不稽政，则补察之义废矣。”

⓱**殊文**：不同形体的文字。

⓲**三百五篇诗咏**：指我国第一部诗歌总集《诗经》。《诗经》共收入自西周初年至春秋中叶大约五百多年的诗歌305篇，分风（160篇）、雅（105篇）、颂（40篇）三大部分。

⓳**六十四卦**：相传伏羲创造八卦，周文王将其推演为《周易》六十四卦，用来象征各种自然现象和人事现象，后来用于占卜。

⑳**爻**：组成卦的符号，“—”称为阳爻，“--”称为阴爻。三爻可以组成八卦中的一卦，每一卦形代表一定的事物——乾代表天，坤代表地，坎代表水，离代表火，震代表雷，艮代表山，巽代表风，兑代表沼泽。再将八卦的卦象两两排列组合，就能得出六十四卦。

㉑**占**：占卜、占验。

十五咸

（一）

原文

清对浊，苦对咸，一启对三缄[1]。

烟蓑[2]对雨笠[3]，月榜[4]对风帆。

莺睍睆[5]，燕呢喃[6]，柳杞[7]对松杉。

情深悲素扇[8]，泪痛湿青衫[9]。

汉室既能分四姓[10]，周朝何用叛三监[11]。

破的[12]而探牛心，豪矜[13]王济[14]；竖竿以挂犊鼻[15]，贫笑阮咸[16]。

注释

❶**三缄**：形容说话谨慎，不肯或不敢开口。缄，封。汉刘向《说苑·敬慎》："孔子之周，观于太庙，右陛之前，有金人焉。三缄其口，而铭其背曰：'古之慎言人也，戒之哉，戒之哉！无多言，多言必败。'"唐许浑《维舟秦淮过温州李给事宅》："帝图忧一失，臣节耻三缄。"

❷**烟蓑**：指蓑衣。

❸**雨笠**：遮雨的笠帽。

❹**榜（bàng）**：船桨。屈原《九章·涉江》："齐吴榜以击汰。"

❺**睍睆（xiànhuǎn）**：形容鸟声清和婉转。《诗经·邶风·凯风》：

"睍睆黄鸟，载好其音。"五代徐夤《宫莺》："睍睆只宜陪阁凤，间关多是问宫娃。"宋梅尧臣《寄题杨敏叔虢州吏隐亭》："花草发琐细，禽鸟啼睍睆。"

❻**呢喃**：形容像燕子叫声一样的轻声细语。

❼**柳杞**（qǐ）：泛指柳树。杞，柳的一种，也叫红皮柳。

❽**悲素扇**：汉朝班婕伃作《怨歌行》，以团扇在秋天被抛弃比喻自己的失宠："新裂齐纨素，鲜洁如霜雪。裁为合欢扇，团团似明月。出入君怀袖，动摇微风发。常恐秋节至，凉飙夺炎热。弃捐箧笥中，恩情中道绝。"

❾**湿青衫**：出自白居易《琵琶行》："坐中泣下谁最多，江州司马青衫湿。"

❿**四姓**：汉代樊、郭、阴、马四个外戚家族为"四姓小侯"。

⓫**三监**：周武王任用其弟管叔、蔡叔、霍叔分治殷商之民，称"三监"，而后三监反而帮助殷地叛周。

⓬**破的**：指箭射中靶子。

⓭**矜**：自夸。

⓮**王济**：西晋官员，司马昭的女婿，生活非常奢侈。他曾以千万钱与大富豪王恺对赌，赌注是著名的"八百里驳"牛，王济先射中了靶子，于是命人将牛心割下。见《晋书·王济传》。

⓯**犊鼻**：即犊鼻裈。古代穿在里边的短裤，形如犊鼻，故名。

⓰**阮咸**："竹林七贤"之一，阮籍的侄子。当时的风俗，七月七日晒衣，别人晒的都是名贵衣料，阮咸用竹竿挑了一条犊鼻裈挂在庭院中，并说："未能免俗。"见《晋书·阮咸传》。

（二）

原文

能对否，圣对贤，卫瓘[1]对浑瑊[2]。
雀罗[3]对鱼网，翠巘[4]对苍崖。
红罗帐，白布衫，笔格[5]对书函[6]。
蕊香蜂竞采，泥软燕争衔。
凶孽誓清闻祖逖[7]，王家[8]能乂[9]有巫咸[10]。
溪叟新居，渔舍清幽临水岸；山僧久隐，梵宫[11]寂寞倚云岩。

注释

❶**卫瓘**（guàn）：字伯玉，晋尚书令，善草书。

❷**浑瑊**（jiān）：中唐时人，十一岁即善骑射，官至尚书同平章事。

❸**雀罗**：捕雀的网。后人常用以形容门庭冷落。《史记·汲郑列传》："下邽翟公有言，始翟公为廷尉，宾客阗门；及废，门外可设雀罗。"宋苏轼《答任师中家汉公》："雀罗吊廷尉，秋扇悲婕妤。"清钱谦益《岁暮杂怀》："卒岁闲门有雀罗，流年徂谢意如何。"

❹**翠巘**（yǎn）：青翠的山峰。唐杜牧《朱坡》："日痕絙翠巘，陂影堕晴霓。"宋苏轼《祭常山回小猎》："回望白云生翠巘，归来红叶满征衣。"

❺**笔格**：笔架。

❻**书函**：书信。

❼**祖逖**：东晋军事家。他曾率部北伐，北渡长江。当船至中流之

时，他敲着船楫大声发誓："如果我祖逖不能肃清中原凶孽，便如这大江有去无回！"后人便用"中流击楫"比喻立志奋发图强。见《晋书·祖逖传》。

❽**王家**：帝王家。引申为国家。

❾**乂**（yì）：治理，安定。

❿**巫咸**：传说中的神巫。"咸"为其名，商王的辅佐。

⓫**梵宫**：原指梵天的宫殿，后多指佛寺。

（三）

原文

冠对带，帽对衫，议鲠❶对言谗。

行舟对御马，俗弊对民碞❷。

鼠且硕，兔多毚❸，史册对书缄。

塞城闻奏角，江浦❹认归帆。

河水一源形弥弥❺，泰山万仞势岩岩❻。

郑为武公，赋缁衣❼而美德；周因巷伯❽，歌贝锦❾以伤谗。

注释

❶**议鲠**：议论正直，言不从众。

❷**民碞（yán）**：《尚书·诏告》："用顾畏于民碞。"一般认为"碞"的读音与"岩"相同，应该解释为"民情之险"。也有认为应该把"碞"解释成"言"，"畏于民碞"相当于"人言可畏"。

❸**毚（chán）**：狡猾。

❹**江浦**：江滨。《吕氏春秋·本味》："江浦之橘，云梦之柚。"唐岑参《题金城临河驿楼》："忽如江浦上，忆作捕鱼郎。"也泛指江河。北周庾信《谢赵王示新诗启》："藏之山岩，可使云雾郁起；济之江浦，必当蛟龙绕船。"唐杜甫《鸥》："江浦寒鸥戏，无他亦自饶。"

❺**弥弥**：水满的样子。宋苏轼《西江月》："照野弥弥浅浪，横空暧暧微霄。"

❻**岩岩**：高峻的样子。《诗经·鲁颂·閟宫》："泰山岩岩，鲁邦

所詹。”

❼**缁衣**：黑帛做的朝服。相传周人敬爱郑武公，于是作《缁衣》诗以称颂其德。《诗经·郑风·缁衣》：“缁衣之宜兮，敝予又改为兮。”

❽**巷伯**：掌管宫内之事的宦官。因居宫巷，掌宫内事，故称。

❾**贝锦**：织有贝纹图案的锦缎。《诗经·小雅·巷伯》：“萋兮斐兮，成是贝锦。”这首诗以“贝锦”起兴，阐述巷伯被谗言陷害的愤怒。后来用“贝锦”指故意造谣使人遭罪。